MARIJO SERTIĆ

DAS UNSICHTBARE KIND

AF282489

MARIJO SERTIĆ

DAS UNSICHTBARE KIND

ROMAN

Bibliografische Information der Deutschen Nationalbibliothek: Die Deutsche Nationalbibliothek verzeichnet diese Publikation in der Deutschen Nationalbibliografie; detaillierte bibliografische Daten sind im Internet über http://dnb.dnb.de abrufbar.

2. Auflage

Verlag: BoD · Books on Demand GmbH,
In de Tarpen 42, 22848 Norderstedt, bod@bod.de
Druck: Libri Plureos GmbH, Friedensallee 273,
22763 Hamburg

ISBN: 978-3-7597-6754-7

Für Mika

PROLOG

Für einen Schriftsteller sind Bücher wie Kinder. Du liebst sie alle, jedes einzelne von ihnen, doch die, die kein Glück in ihrem Leben hatten, ziehen dein Herz auf eine besondere Weise an. Sie sind die verlorenen Seelen unter deinen Werken, die, die im Schatten geblieben sind, und gerade deshalb empfindest du für sie eine tiefere, fast schmerzhafte Zuneigung. In ihrer Unvollkommenheit liegt etwas, das dich immer wieder zu ihnen zurückführt, als würdest du versuchen, das Unausgesprochene zu heilen. Kinderseelen sind wie unberührte Landschaften, zart und offen, bereit, jede Empfindung in sich aufzunehmen. Sie sind verwundbar, durchlässig für Schmerz, Trauer, Qual, für Freude. In ihrer Reinheit liegt eine tiefe, stille Stärke, doch zugleich sind sie der Welt schutzlos ausgeliefert. Die Kinder sind meine schmerzhafte Wunde, egal in welcher Ecke dieser Welt sie leben. Ihre Unschuld, ihre Verletzlichkeit – all das berührt etwas in mir, das nie heilt. Es ist, als trüge ich einen Teil ihres Schmerzes in mir, als wären ihre Tränen und ihre

Hoffnungen leise Flüsse, die sich durch mein Inneres ziehen und eine Spur aus Wehmut hinterlassen, die ich nicht abschütteln kann.

1

Emma saß am Fenster, bewegungslos wie eine der Keramikkatzen auf der Anrichte, die niemand mehr beachtete, weil sich jeder an den Anblick gewöhnt hatte. Jenseits der Scheibe war der Garten so leer, dass selbst die Regentropfen, die an der Scheibe entlangliefen, wie die Hauptattraktion wirkten. Sie hatten ein Ziel – den Boden –, was mehr war, als Emma von sich behaupten konnte.

Zeit war in letzter Zeit seltsam geworden. Nicht mehr das knappe Gut, das man immer zu wenig hat, sondern etwas, das sich endlos dehnte, wie ein Kaugummi, den man zu oft gezogen hatte. Die Tage schleppten sich dahin, von nichts unterbrochen außer gelegentlichem Smalltalk oder dem Geräusch von Besteck, das gegen Teller klirrte. Geräusche von Menschen, die im Haus lebten. Menschen, die es voll machten – aber nicht lebendig.

Emma fragte sich, wie das sein konnte. Dass ein Haus voller Stimmen und Bewegungen sich gleichzeitig leer anfühlte. Es war, als ob jeder seine eigene kleine Welt mitgebracht hatte, und diese Welten schwebten aneinander vorbei, ohne jemals wirklich zu kollidieren.

Sie war umgeben von Menschen, aber irgendwie trotzdem allein. Draußen schlug noch immer der Regen gegen das Fenster. Ein Tropfen glitt langsam herunter, und Emma folgte ihm mit den Augen, bis er verschwand. Ob der Tropfen wohl wusste, dass er ein Ziel hatte? Und wenn ja, warum fühlte sie sich so, als hätte sie keins?

Das Haus, in dem sie lebte, war groß genug, dass man problemlos eine Woche darin verbringen konnte, ohne jemanden zu treffen – vorausgesetzt, man mied die Küche. Es war modern, makellos und hätte in einer dieser Wohnzeitschriften abgebildet sein können, die niemand kaufte, aber alle beim Zahnarzt durchblätterten. Doch wenn man lange genug dort wohnte, bemerkte man, dass es sich eher wie eine Bühne anfühlte – voller perfekter Kulissen, aber ohne echtes Leben.

Ihre Eltern waren keine Bühnenmenschen. Sie spielten keine Rollen; sie hatten keine Zeit dafür. Anna, ihre Mutter, war eine Architektin mit einem Lebenslauf, der mehr Platz beanspruchte als die meisten ihrer Entwürfe. Ihre Gebäude waren regelmäßig auf den Titelseiten von Fachzeitschriften, mit Schlagzeilen wie »Form trifft Funktion« oder »Das perfekte Gleichgewicht«. Zuhause hingegen war für Anna weder Form noch Funktion besonders wichtig. Als sie ihr eigenes Büro gründete, war das der Höhepunkt ihrer Karriere – und das Ende ihrer Anwesenheit im Haus. Manchmal fragte Emma sich, ob ihre Mutter das Haus überhaupt als ihr eigenes erkannte, oder ob sie es nur als weiteres Projekt auf ihrer langen Liste sah.

Ihr Vater, Thomas, war nicht weniger beeindruckend, wenn man beeindruckende Anwälte mag. Seine Anzüge sahen immer so aus, als kämen sie direkt aus der Reinigung, und er hatte eine Angewohnheit, beim Essen nachdenklich zu schweigen, als ob er in Gedanken bereits bei der nächsten Gerichtsverhandlung war. Er hatte diesen typischen Gesichtsausdruck von erfolgreichen Menschen: die Stirn in leichten Falten, die Mundwinkel angespannt, ein Lächeln, das mehr höflich als herzlich wirkte. Es war ein Lächeln, das man auf Werbebroschüren für Kanzleien sieht.

Wenn er abends nach Hause kam – was er tat, irgendwann zwischen »spät« und »sehr spät« –, war er physisch anwesend, aber gedanklich oft noch in seinem Büro und häufig auch noch physisch, denn zu Hause hatte er auch eins. Er setzte sich an den großen Esstisch, nickte einmal in die Runde, und bevor irgendjemand etwas sagen konnte, hatte er sich bereits in seine Welt zurückgezogen. Das Lächeln, das er dabei trug, war nicht für Emma bestimmt. Es war ein allgemeines Lächeln, das jedem gelten konnte, der zufällig im Raum war.

Das Haus war beeindruckend. Die Eltern waren beeindruckend. Emma wusste das. Aber manchmal fragte sie sich, ob es möglich war, so beeindruckend zu sein, dass man unsichtbar wurde.

Der Großvater saß – natürlich – in seinem Sessel. Es war der Samstagnachmittag-Sessel, der auch unter der Woche oft genug sein Sessel war. Vor ihm lag die Tageszeitung, ordentlich gefaltet, weil der Großvater der Meinung war, dass selbst Papier eine gewisse Würde haben sollte. Er blätterte langsam durch die Seiten, nicht aus Interesse, sondern aus Routine. Neben ihm saß die

Großmutter, und in ihren Händen bewegte sich das Strickzeug, als ob es von unsichtbaren Fäden gelenkt wurde. Ihre Bewegungen waren perfekt gleichmäßig, wie die Taktung einer alten Uhr, und hatten denselben beruhigenden Effekt.

Die beiden waren ein Bild der Beständigkeit, das man in einem Bilderrahmen aufstellen könnte – oder vielleicht in einem Museum für »So sah das Leben früher aus.« Ihre Gespräche waren leise, wie ein vertrautes Murmeln, das kaum über die Grenzen des Wohnzimmers hinausdrang. Diesmal jedoch, als sie über die bevorstehende Schiffsreise sprachen, war etwas anders. Ihre Stimmen klangen ... lebendig. Ein ungewohnter Ton, wie eine vergessene Melodie, die plötzlich wiedergefunden wurde. Es war die Reise, die sie im Sommer gebucht hatten. Eine Route mit Häfen, die Namen hatten, die man sich merken wollte, und Städten, die sie vielleicht schon einmal besucht hatten, aber an die sie sich sicherheitshalber noch einmal erinnern wollten.

Im Flur standen die Koffer wie Soldaten aufgereiht: zwei große, robuste Reisetaschen, die praktisch aussahen, aber wenig Persönlichkeit hatten, und dazwischen die kleine Ledertasche des Großvaters. Diese Tasche hatte eine Geschichte – oder besser gesagt, viele Geschichten. Jede Falte, jeder Kratzer war wie eine Erinnerung an vergangene Abenteuer. Die Tasche sprach nicht, aber wenn sie es getan hätte, hätte sie von Zugfahrten erzählt, von Fähren, von stickigen Hotelzimmern und vielleicht sogar von einem verlorenen Schlüssel oder einer durchweichten Landkarte.

»Hast du daran gedacht, den Reiseführer einzupacken?«, fragte die Großmutter, ohne von ihrem Strickzeug aufzublicken.

»Natürlich«, sagte der Großvater, wobei er den Reiseführer gerade in diesem Moment suchend anstarrte. Er lag direkt neben ihm. Die Großmutter bemerkte es, kommentierte es aber nicht.

Der nächste Morgen würde kommen, wie er immer kam – langsam und unaufhaltsam. Aber diesmal warteten sie darauf, mit einem Funken von Aufregung, den man bei Menschen ihres Alters nicht jeden Tag sieht. Es war, als ob sie nicht nur ihre Koffer, sondern auch einen Teil von sich selbst gepackt hatten – den Teil, der bereit war, für ein paar Tage nicht alltäglich zu sein.

Emma zog ihre Beine an sich, ein Versuch, die Kälte aus ihrem Inneren durch bloße Körperhaltung zu vertreiben, und lehnte die Stirn gegen das Fensterglas. Das Glas war kühl, fast angenehm, wie eine unerwartete Berührung, die einen kurz aus den Gedanken reißt. Draußen wirbelte ein einzelnes Blatt durch die Luft, einsam, aber nicht verloren. Es drehte sich in sanften Bewegungen, als hätte es die Kunst des kontrollierten Fallens perfektioniert. Emma beobachtete, wie es seinen Weg zum Boden fand – ohne Eile, ohne Ziel, und dennoch auf eine Weise, die vollkommen sinnvoll schien.

Für einen Moment ließ sie ihre Gedanken dem Blatt folgen. Wie es wohl wäre, so zu sein? Ein Blatt, das sich vom Wind treiben lässt, ohne sich Gedanken über die Richtung zu machen. Leicht und frei. Keine Erwartungen, die schwer auf einem lasteten. Keine Fragen, die wie lose Enden in ihrem Kopf herumlagen, ohne jemals zu einer Antwort zu führen.

Sie schloss die Augen und versuchte, sich vorzustellen, wie es wäre, sich fallen zu lassen – nicht aus Schwäche, sondern aus Vertrauen. Ein Blatt fragte nicht, wohin der Wind es trug. Vielleicht, dachte Emma, war das der Trick. Weniger fragen, mehr treiben. Aber als sie die Augen wieder öffnete, lag das Blatt auf dem nassen Boden, unbeweglich. Und sie wusste, dass sie kein Blatt war.

Emma konnte sich nicht genau erinnern, wann das Gefühl begonnen hatte. Es war kein dramatischer Moment, keine plötzliche Erkenntnis, die sie überkommen hatte. Vielmehr hatte es sich still und leise eingeschlichen, wie ein Gast, der sich auf einer Party unter die Menge mischt, bis man ihn für selbstverständlich hält. Jetzt war es einfach da, so vertraut wie das Atmen – oder wie der leichte Druck eines zu oft getragenen Pullovers, der nicht mehr kratzt, aber trotzdem nie ganz angenehm ist.

Unsichtbarkeit war kein Zustand, den sie gewählt hatte. Es war eher etwas, das über sie gekommen war, ein stiller Übergang von »Emma, die jemand ist« zu »Emma, die einfach da ist«. Sie war mitten unter ihnen, lächelte bei den richtigen Gelegenheiten, nickte an den richtigen Stellen, sagte gelegentlich etwas, das höflich genug war, um nicht weiter aufzufallen. Und doch – sie wusste es – schien niemand sie wirklich zu sehen. Es war, als ob sie nur eine Silhouette war, eine Ahnung von jemandem, den man vielleicht kennt, aber nicht wirklich wahrnimmt. Sie hatte manchmal den Eindruck, dass sie anwesend war wie ein Möbelstück –nützlich, wenn man es brauchte, aber ansonsten nur Teil des Hintergrunds. Und wie bei Möbeln war es schwer zu sagen, ob das daran lag, dass sich die anderen an sie gewöhnt hatten, oder ob sie sich selbst in eine Ecke gestellt hatte. Vielleicht beides.

Sie starrte aus dem Fenster, hinaus in den Garten. Der Regen prasselte leicht gegen die Scheibe, ein rhythmisches Geräusch, das sie daran erinnerte, dass die Welt weiterging, auch wenn sie sich fühlte, als wäre sie stehen geblieben. Unsichtbar sein war seltsam. Es war kein Schmerz, den man beschreiben konnte, sondern eine leise Abwesenheit, die immer da war. Wie ein Schatten – immer da, nur nie im Mittelpunkt.

Das rhythmische Klackern der Schuhe ihres Vaters auf dem Parkett war so vertraut, dass Emma es fast wie Hintergrundmusik wahrnahm – eine Melodie, die immer dann einsetzte, wenn er mit dem Telefon am Ohr durch das Haus marschierte. Immer im selben Tempo, immer mit der gleichen Energie, als wäre der Fußboden ein riesiges Schachbrett, und er der König, der eine perfekte Strategie ausarbeitete. Emma lauschte. Nicht dem Gespräch – das war eine Mischung aus Zahlen, Fachbegriffen und höflichen Lachern, die sich für sie alle gleich anhörten – sondern dem Geräusch seiner Schritte. Es hatte etwas Beruhigendes. Schritt, Schritt, kurze Pause. Schritt, Schritt, längere Pause, wenn er etwas besonders Wichtiges sagte. Dann wieder weiter, als gäbe es eine unsichtbare Bahn, der er folgen musste. Das Gespräch bedeutete Emma nichts. Sie hatte längst aufgehört, die

Worte ihres Vaters wirklich hören zu wollen. Es war, als ob er eine andere Sprache sprach, eine, die nur in Konferenzräumen und auf Geschäftsessen Sinn ergab. Aber das Klackern seiner Schuhe – das war etwas anderes. Das war das Zeichen, dass er da war, irgendwo im Haus, wenn auch nicht wirklich bei ihr.

»Emma, gehst du draußen spielen?« Magdas Stimme drang an ihr Ohr, abwesend und beiläufig, während sie ihre Hände trocknete und das Geschirr in den Schrank räumte. Emma sah sie an, doch Magda sah nicht zurück. Ihre Augen waren auf den nächsten Teller gerichtet, als ob der bloße Gedanke, stehen zu bleiben und wirklich hinzuschauen, zu viel Zeit kosten würde.

»Vielleicht später«, antwortete Emma leise, mehr zu sich selbst als zu Magda.

Emma wusste, dass es egal war, was sie sagte. Es war nicht so, dass Magda unhöflich war – sie hatte einfach diese Fähigkeit, Gespräche auf eine Art aufzunehmen, die gleichzeitig aufmerksam und flüchtig wirkte. Sie nickte an den richtigen Stellen und machte ein zustimmendes Geräusch. Doch Emma konnte praktisch die Uhr danach stellen: In wenigen Minuten würde Magda wieder in Bewegung sein, ihr Blick würde prüfend durch den Raum schweifen, und sie würde sich auf die nächste Aufgabe stürzen, als hätte das Gespräch nie stattgefunden.

Magda war effizient, das musste man ihr lassen. Immer beschäftigt, immer mit einem Ziel vor Augen, ob es nun darum ging, die Kissen auf dem Sofa perfekt auszurichten oder sicherzustellen, dass der Kühlschrank nach einer unsichtbaren, aber sicherlich sehr genauen Logik organisiert war.

Emma hatte manchmal das Gefühl, dass Magda ein Algorithmus sein könnte – programmiert, um sich auf alles zu konzentrieren, außer auf das, was sie gerade sagte. Das hinderte Emma jedoch nicht daran, es trotzdem zu versuchen. Vielleicht war es Trotz, vielleicht war es Naivität, oder vielleicht war es einfach der Wunsch, dass irgendetwas von dem, was sie sagte, einen Moment länger in Magdas Gedanken verweilte als das Staubtuch in ihrer Hand. Aber tief in ihrem Inneren wusste Emma, dass Magda bald wieder beschäftigt sein würde. Vielleicht war sie das schon, selbst, während sie noch zuhörte.

Magda, die neue Haushälterin, war erst vor ein paar Monaten aus Polen gekommen. Sie hatte die Stelle übernommen, nachdem Frau Gerlach, die alte Haushälterin, in den Ruhestand gegangen war. Frau Gerlach war eine Institution gewesen, fest verwurzelt in den Rhythmen des Hauses. Magda hingegen war ... anders.

Für Anna fühlte sich Magda wie ein Fremdkörper an. Nicht unangenehm, nicht störend, aber fremd. Sie bewegte sich durch das Haus mit einer Selbstverständlichkeit, die Anna irritierte, als ob sie schon seit Jahren hier arbeitete. Magda wusste immer genau, wo etwas hingehörte, oft, bevor Anna es selbst wusste. Das war praktisch, natürlich, aber auch ein wenig unheimlich. Magda war ein Mensch, der auf eine merkwürdige Weise alles wahrnahm, ohne je zu viel preiszugeben.

Es waren ihre Augen. Wachsam, hell, immer ein wenig

zu aufmerksam. Wenn Anna einen Raum betrat, hatte sie manchmal das Gefühl, dass Magda gerade etwas gedacht oder beobachtet hatte, was unausgesprochen blieb. Nicht, dass Magda jemals etwas Ungebührliches tat – ihre Professionalität war tadellos. Doch es war diese stille Präsenz, die Anna irritierte. Magda war da, immer da, und doch schien sie etwas mehr über das Haus zu wissen, als sie sollte. Als hätte sie nicht nur Staub entfernt, sondern auch kleine Geheimnisse eingesammelt, die Anna nie preisgegeben hatte.

Und dann waren da die Momente, in denen Anna sicher war, dass etwas in der Luft lag. Ein Blick, ein leichtes Zögern, als ob Magda etwas sagen wollte und es sich dann doch anders überlegte. Vielleicht war es Einbildung, vielleicht auch nicht. Aber eines war sicher: Magda war kein offenes Buch. Sie war eher wie eine geschlossene Schublade, bei der man sich fragte, was sich darin befand – und ob man überhaupt das Recht hatte, sie zu öffnen.

Dass Magda aus Polen kam, hätte eigentlich nichts Verdächtiges an sich. Menschen kommen aus Polen, so wie sie aus Frankreich, Italien oder sonst woher kommen. Doch die zeitliche Abfolge ließ Anna keine Ruhe. Magda war nur wenige Wochen nach Thomas' Geschäftsreise nach Warschau aufgetaucht – ein Zusammenhang, der sich in ihrem Kopf wie ein hartnäckiger Splitter festgesetzt hatte.

Thomas hatte das Bewerbungsgespräch damals selbst geführt. Das war unüblich, aber er hatte es mit einem pragmatischen Lächeln erklärt. »Ich wollte ihr eine

Chance geben«, hatte er gesagt, als ob er damit einen Preis für soziale Verantwortung gewinnen könnte. »Ein bisschen Hilfe im Haushalt ist doch vernünftig, findest du nicht?« Anna hatte genickt, weil Widerspruch an diesem Punkt unnötig gewesen wäre, aber das Gefühl, dass irgendetwas nicht stimmte, blieb.

Es waren Kleinigkeiten, die sie bemerkte. Wie Thomas Magda ansah, wenn er dachte, niemand würde es bemerken – ein Hauch zu lange, als würde er versuchen, einen Gedanken zu unterdrücken. Oder wie zwischen den beiden manchmal diese Stille entstand, wenn sie zusammen im Raum waren. Keine unangenehme, sondern eine, die fast intim wirkte, wie der leise Atem zweier Menschen, die mehr über einander wissen, als Worte sagen könnten.

Natürlich hätte Anna das alles rationalisieren können. Magda war höflich, effizient, unauffällig – all das, was man sich von einer Haushälterin wünschte. Aber es war diese eine, winzige Pause in Thomas' Stimme, wenn er von ihr sprach, oder das leichte Anheben seiner Augenbrauen, wenn sie ihn fragte, wie die Arbeit lief. Es war, als hätte sich etwas in ihrer Ehe eingeschlichen, unsichtbar und namenlos, und sie fragte sich, ob sie es nicht längst sehen sollte.

Magda sprach selten über ihr Leben in Polen. Es war nicht so, dass sie Gespräche mied, aber sie hatte eine Art, Fragen mit einem Lächeln zu beantworten, das höflich genug war, um Neugier abzuwehren, und vage genug, um keine weiteren Nachfragen zu provozieren. Einmal, als Anna beiläufig nach ihrer Familie gefragt hatte, hatte

Magda geantwortet: »Ich bin allein. Aber ich reise gern.«

Eine Aussage, die so viel oder so wenig bedeuten konnte, wie man wollte. Danach hatte sie sich wieder dem Abwasch zugewandt, als ob das Gespräch abgeschlossen war.

Im Haus war Magda unscheinbar. Sie bewegte sich leise, erledigte ihre Arbeit, und wenn Thomas und Anna stritten – was häufiger vorkam, als Anna es zugeben wollte – verschwand Magda wie von Zauberhand. Nicht abrupt oder auffällig, sondern mit einer Unauffälligkeit, die fast bewundernswert war. Sie hatte ein Talent dafür, in den Momenten zu verschwinden, in denen ihre Anwesenheit unangenehm hätte werden können.

Und doch schien sie immer alles zu bemerken. Magda hatte diese Art von Aufmerksamkeit, die weder aufdringlich noch distanziert war. Sie saugte die Details auf – ein zerknitterter Hemdsärmel, ein halb abgerissener Kalenderzettel in der Küche, ein unvollendeter Satz im Streit zwischen Thomas und Anna. Es war, als ob sie eine unsichtbare Karte des Hauses und der Menschen darin zeichnete, aber nie verriet, was sie mit den Informationen anfangen wollte.

Anna hätte es begrüßen können, jemanden im Haus zu haben, der nichts weiter tat, als das Nötige zu erledigen. Doch mit Magda war es anders. Sie war da – präsent, aber undurchschaubar. Wie ein Buch, dessen Titel man lesen kann, dessen Seiten jedoch leer bleiben, egal, wie oft man es aufschlägt. Und sie fragte sich, ob das tatsächlich so war – oder ob Magda einfach besser darin war, ihre Geheimnisse zu bewahren, als sie selbst es je gewesen war.

Während Anna Magda mit Skepsis betrachtete, schien Emma ein völlig anderes Bild von ihr zu haben. Sie fand Magda nett. Nicht in einer aufdringlichen, »Ich-backe-dir-einen-Kuchen«-Art, sondern eher wie jemand, der dir die bessere Hälfte seines Sandwiches anbietet, ohne großes Aufheben darum zu machen. Praktisch, freundlich, angenehm – nett eben.

Magda lächelte oft – kein großes, überschwängliches Lächeln, sondern ein kleines, das nie zu lange verweilte, aber dennoch ehrlich wirkte. Wenn sie sprach, war ihre Stimme melodiös, mit einem Akzent, der die Worte manchmal, wie ein Lied klingen ließ. Es war eine Art Trost für Emma, wie der gleichmäßige Klang von Regen auf dem Dach, wenn man im Bett liegt.

Aber sie war genauso oft abwesend wie präsent. Nicht körperlich – sie war ständig irgendwo im Haus, mal in der Küche, mal im Wohnzimmer, mal auf der Treppe mit einem Wäschekorb. Ihre Aufmerksamkeit schien immer nur für einen kurzen Moment bei Emma zu verweilen, bevor sie von einer weiteren Aufgabe fortgezogen wurde. Es war, als würde das große Haus sie durch seine Flure treiben, von einer Ecke zur nächsten, mit einer nie endenden Liste von Dingen, die erledigt werden mussten.

Emma konnte nicht sagen, dass Magda sie ignorierte. Es war eher, als ob sie zwei Figuren auf einer Bühne wären, die nur gelegentlich denselben Spot teilten, bevor das Licht weiterzog. Trotzdem fühlte Emma sich in Magdas Nähe irgendwie sicher. Vielleicht, dachte sie, lag es daran, dass Magda genauso abwesend zu sein schien wie sie selbst. Nur dass Magda dabei immer beschäftigt aussah – als hätte sie einen Plan, selbst wenn sie ihn nicht verriet.

Magda sprach Deutsch, aber ihre Sätze hatten eine Eigenart. Die Worte kamen oft stockend, wie Tropfen, die langsam und zögerlich aus einem alten Wasserhahn fielen. Manchmal hielt sie mitten im Satz inne, als müsste sie die nächsten Worte aus einem unsichtbaren Vorrat heraussuchen, der irgendwo tief in ihrem Kopf lag. Andere Male ließ sie Wörter einfach weg – nicht auffällig, aber gerade genug, dass man sie bemerkte, wie fehlende Puzzleteile in einem fast fertigen Bild. Vielleicht wusste sie nicht, wohin sie gehörten. Oder vielleicht glaubte sie, dass sie nicht wichtig genug waren, um ausgesprochen zu werden.

Doch genau in diesen Lücken, in den stillen Pausen und den nicht geäußerten Worten, lag etwas, das Emma faszinierte. Es war wie ein Schatten, ein Hauch von etwas Verlorenem, das Magda mitgebracht hatte – ein Stück der Ferne, aus der sie gekommen war, das sie offenbar nicht ganz hinter sich lassen konnte. Die fehlenden Wörter sagten mehr aus, als sie jemals mit vollen Sätzen hätte ausdrücken können. Und Emma fragte sich, ob Magda das wusste – oder ob es einfach eine Eigenschaft war, die sie, wie alles andere, still mit sich trug.

2

Emma stand auf, ihre Bewegungen langsam und bedacht, als ob die Gedanken, die sich wie ein schwerer Mantel um ihre Schultern legten, sie zurückhalten wollten. Der Vorhang fiel zurück über das Fenster, ein leises Rascheln, das kurz den Raum füllte, bevor es wieder verstummte und die Stille zurückließ. Doch dann war da etwas – etwas Unerwartetes. Ein Duft. Süßlich, schwer, und so vertraut, dass es Emma kurz den Atem nahm. Es war nicht einfach nur ein Geruch; es war ein Relikt. Eine Brücke zu einer Zeit, die sich jetzt so weit entfernt anfühlte, dass sie sich fast nicht mehr sicher war, ob sie wirklich existiert hatte. Das Parfüm ihrer Mutter.

Der Duft war eindeutig. Anna hatte ihn früher immer getragen, zu einer Zeit, als ihre Anwesenheit im Haus noch mehr war als ein Schatten zwischen Terminen und Projekten. Er war Teil von ihr gewesen – wie ihre Stimme, ihr Lachen, das leise Klacken ihrer Absätze auf dem Flur. Doch dieser Duft gehörte nicht mehr in die Gegenwart. Anna hatte ihn schon lange nicht mehr benutzt, und mit ihm war auch etwas anderes verschwunden – eine Wärme, eine Beständigkeit, die jetzt nur noch wie eine entfernte Erinnerung existierte.

Emma blieb regungslos stehen, die Luft um sie herum still, fast schwer von der plötzlichen Präsenz dieses vergessenen Fragments. Es war, als hätte der Raum selbst für einen Moment den Atem angehalten, als wüsste er, dass etwas nicht ganz so war, wie es sein sollte.

Sie blieb stehen, ihre Stirn leicht gerunzelt. Es konnte nicht von ihrer Mutter sein. Anna hatte das Parfüm seit Jahren nicht mehr benutzt. Sie erinnerte sich an den Tag, an dem sie die Flasche in den Tiefen eines Schranks gefunden hatte, halb leer, verstaubt und vergessen. Doch der Geruch jetzt war frisch, lebendig, als hätte ihn jemand erst vor wenigen Minuten aufgetragen.

Langsam, fast unwillkürlich, folgte sie dem Duft. Es war kein starker, durchdringender Geruch, sondern ein leises Flüstern, das sich durch den Flur zog und sie führte. Ihre Schritte wurden leiser, je näher sie der Küche kam. Und da stand Magda, am Spülbecken, den Rücken ihr zugewandt. Ihre Bewegungen waren ruhig, fast mechanisch, wie immer. Sie blieb stehen, ohne ein Wort zu sagen. Der Duft war hier am stärksten.

Sie wollte etwas sagen, eine Frage stellen, aber die Worte blieben in ihrem Hals stecken. Stattdessen stand sie nur da, den Blick auf Magda gerichtet, während der süßliche, vertraute Duft zwischen ihnen schwebte wie eine unausgesprochene Wahrheit.

Emma trat leise in die Küche, ihre Schritte gedämpft, als ob sie befürchtete, eine Stille zu stören, die sich wie eine zarte, fast zerbrechliche Decke über den Raum gelegt hatte. Das einzige Geräusch war das leise Plätschern von Wasser, als Magda ein Glas im Spülbecken abwusch. Das Licht über der Arbeitsfläche war grell – nicht unangenehm, aber zu hell für die Stunde, als ob es den Raum auffordern wollte, lebendiger zu sein, als er eigentlich war.

Das Licht schnitt Magdas Gesicht in strenge Konturen. Ihr Profil wirkte beinahe wie eine Skulptur, kantig und klar, mit einer Konzentration, die Emma nicht einordnen konnte. Magda schien nicht zu bemerken, dass sie beobachtet wurde, oder vielleicht tat sie nur so. Es war schwer zu sagen. Ihre Bewegungen waren ruhig, fast methodisch, als ob jedes Spülen, jedes Abtrocknen Teil eines unsichtbaren Plans war, den nur sie kannte.

Emma blieb im Türrahmen stehen, nicht sicher, ob sie etwas sagen sollte oder ob die Stille, die sie beide zu umgeben schien, unangetastet bleiben sollte. Es war diese Art von Moment, in dem Worte schwerfielen, selbst wenn man nicht genau wusste, warum.

Emma beobachtete sie einen Moment, den leichten Schwung ihres blonden Haares, wie sie sich über die Spüle beugte. Der Duft hing wie ein zarter Schleier in der Luft, und als Magda sich umdrehte, lächelte sie kurz, doch Emma bemerkte es nicht. Sie konnte nur an den Duft denken – an die Tatsache, dass er nicht hierhergehörte, zumindest nicht zu Magda. Es war das Parfüm ihrer Mutter, und doch trug es Magda jetzt.

Emma konnte den Zusammenhang nicht greifen, aber sie spürte, dass etwas nicht stimmte. Es war wie ein unauffälliger, schiefer Ton in einer ansonsten harmonischen Melodie – nicht laut, aber doch genug, um sie innehalten zu lassen. Dieses Parfüm. Es war so typisch für ihre Mutter, eine unsichtbare Signatur, die früher jede ihrer Bewegungen begleitet hatte. Es hatte zu Anna gehört, so wie ihr selbstbewusster Gang und die Art, wie sie immer ein wenig zu energisch gestikulierte, wenn sie über ihre Projekte sprach.

Und jetzt war es hier. Bei Magda. In der Küche. Emma wusste nicht, wie sie sich damit fühlen sollte. Es war nicht einmal der Duft an sich, sondern das, was er mit sich brachte – Erinnerungen an Momente, die so weit entfernt schienen, dass sie fast schon wie eine andere Welt wirkten. Und jetzt tauchte dieser Duft plötzlich wieder auf, wie ein Gast, der ohne Einladung zurückgekommen war.

Sie konnte keine Erklärung finden, die Sinn ergab. Warum? Warum dieses Parfüm? Warum jetzt? Es war nicht so, dass sie Magda misstraute – nicht wirklich. Aber irgendetwas daran fühlte sich falsch an, als ob ein Stück ihrer Mutter, ein Stück ihrer Vergangenheit, nun nicht mehr ihr gehörte.

»Morgen, Emma?«, sagte Magda mit ihrer sanften, leicht gebrochenen Stimme.

Emma nickte, doch etwas in ihr blieb unruhig.

Magda stand am Schneidebrett, das Messer klackerte gleichmäßig auf das Holz, während sie das Gemüse präzise zerkleinerte. Sie trug eine schlichte blaue Bluse und eine Jeans.

Emmas Nase gefangen in einer seltsamen Mischung aus frischen Kräutern und Gemüse, der in der Küche schwebte, und dem schweren, süßlichen Parfüm, das nicht hierhergehörte. Der Duft von Rosmarin und Basilikum, die Magda für das Mittagessen auf dem Schneidebrett zerkleinerte, vermischte sich mit dem vertrauten Hauch von Jasmin und Sandelholz. Ein Kontrast, der auf seltsame Weise störend war. Magda blickte Emma kurz an und für einen Augenblick fragte sich Emma, ob Magda sie wirklich gesehen hatte.

Emma strich mit den Fingern über die glatte Oberfläche des Marmortresens, fühlte die kühle, harte Textur, die im Kontrast zu ihrer inneren Unsicherheit stand.

»Alles okay, Emma,« fragte Magda, aber ihre Worte klangen leer, als wären sie nichts als Pflichterfüllung. Sie begann sofort, die Kaffeetasse von Emmas Mutter vom Wohnzimmertisch zu räumen, deren Lippenstift noch am Rand klebte.

Emma betrachtete Magda. Es war dieser leise Ausdruck in Magdas Gesicht, diese unnahbare Distanz, die sie so seltsam und zugleich vertraut machte. Eine Erwachsene, die sie wahrnahm, aber nicht sah. Magda war freundlich, das wusste Emma, aber immer beschäftigt, immer in Gedanken woanders. Vielleicht war das die Art der Erwachsenen, sie lebten alle in ihren eigenen Welten, in denen für Emma kein Platz war.

»Magda?«, fragte Emma zögernd. Ihre Stimme klang leise und unsicher, als würde sie in der stillen Küche verhallen, bevor sie Magda überhaupt erreichen könnte.

Magda hielt kurz inne, drehte sich aber nicht zu ihr um.

»Ja?« Ihre Hände blieben beschäftigt, sie trocknete gerade eine der Tassen ab, ohne wirklich hinzusehen.

»Vermisst du Polen?« Emmas Frage kam plötzlich, ohne dass sie darüber nachgedacht hätte. Sie wusste nicht genau, warum sie das gefragt hatte. Vielleicht weil sie selbst sich manchmal fragte, ob es einen Ort gab, den sie vermissen könnte.

Magda verharrte einen Moment, als ob sie über die Frage nachdenken müsste. Dann zuckte sie mit den Schultern. »Manchmal.« Ihre Worte hingen schwer in der Luft und dann war es wieder still.

Emma spürte, wie sich etwas in ihrer Brust zusammenzog. Da war es wieder. Diese vage Antwort, dieses Desinteresse, das sich wie eine unsichtbare Wand zwischen ihr und den Erwachsenen aufbaute. Sie konnte Magda genauso wenig erreichen wie ihre Eltern.

Magda ging weiter ihrer Arbeit nach, und Emma saß reglos am Tisch, ihre Hände flach auf der glatten, kalten Oberfläche. Der Raum schien sich zu dehnen, größer zu werden, während sie immer kleiner wurde.

»Warum sprechen Erwachsene immer in Halbsätzen?«, dachte sie. Es war, als hätten sie alle etwas, das sie zurückhielten – Wörter, Gedanken, ganze Gespräche, die sie niemals mit ihr teilen würden.

»Möchtest du heute mit mir zum Spielplatz gehen?«

Emmas Stimme war kaum mehr als ein Flüstern. Sie wusste, dass die Antwort Nein sein würde, aber trotzdem fragte sie.

Magda schüttelte den Kopf, ohne aufzublicken.

»Tut mir leid, ich muss das Haus putzen.«

Die Worte klangen wie eine Routineantwort, ohne wirkliche Bedeutung. Für einen kurzen Moment blieb alles stehen, als ob die Zeit angehalten hätte, bevor Magda den Raum verließ, leise wie ein Schatten.

Emma blieb allein zurück, allein mit ihren Gedanken, ihrer Einsamkeit und der überwältigenden Erkenntnis, dass es keinen Ort gab, an dem sie wirklich gesehen wurde. Der Raum um sie herum fühlte sich wieder zu groß und zu leer an. Sie verließ die Küche, das Geräusch ihrer Schritte wurde von den weichen Teppichen des Flurs verschluckt. Die Leere des Hauses umhüllte sie wie ein stummer Beobachter, kalt und gleichgültig. Es war Samstag, ein Tag, der für andere Kinder vielleicht anders sein mochte, aber für Emma war er wie jeder andere. Sie wusste, wo ihre Mutter sein würde.

Langsam ging sie den langen Flur entlang, vorbei an den modernen Kunstwerken, die an den Wänden hingen. Die Farben, die Formen – sie sprachen zu niemandem, so schien es. Sie vermutete ihre Mutter im Büro, wie an jedem Samstag, vertieft in Pläne, Zeichnungen und Projektionen von Gebäuden, die andere Menschen bewunderten, aber für Emma nur weiße Linien auf Papier waren.

Als sie die Tür zum Büro erreichte, sah sie, dass sie einen Spalt offenstand. Ein schmaler Streifen Licht fiel in den dunklen Flur, scharf und klar, wie ein Schnitt in die Dunkelheit. Emma hielt einen Moment inne, lauschte. Drinnen hörte sie das leise Kratzen eines Stiftes auf Papier, das gleichmäßige Klicken der Tastatur – die Geräusche, die sie kannte, die immer da waren.

Vorsichtig schob sie die Tür weiter auf, das Holz gab ein leises Knarren von sich, ein Geräusch, das in der

Stille wie ein Echo widerhallte. Sie trat ein, leise, wie ein Schatten, der sich in den Raum schlich.

Ihre Mutter saß am Schreibtisch, den Rücken zu ihr gewandt, den Kopf leicht geneigt, das dunkle Haar streng zu einem Knoten gebunden. Auf dem Bildschirm vor ihr tanzten Linien und Zahlen, ihre Welt, in der Emma keinen Platz fand.

»Mama?«, sagte Emma, ihre Stimme kaum mehr als ein Flüstern.

Doch die Welt ihrer Mutter blieb unberührt. Emma stand still im Raum, der winzige Ton, den sie eben herausgebracht hatte, verhallte in der Stille. Ihre Mutter tippte weiter, als hätte sie nichts gehört. Die Sekunden zogen sich hin, und Emma fühlte die Kälte, die von der Bildschirmanzeige ausging. Sie nahm einen tiefen Atemzug und versuchte es noch einmal.

»Mama?«

Anna hielt inne. Ihre Finger verharrten auf der Tastatur, bevor sie langsam den Kopf drehte, als wäre die Bewegung eine Last. Sie warf einen Blick über die Schulter und ihre müden Augen müssten sich erst wieder an die Konturen dieser Welt gewöhnen.

»Was ist, Emma?« Ihre Stimme klang sachlich, fast mechanisch.

»Ich…« Emma zögerte, die Worte fühlten sich fremd an in ihrem Mund. »Ich wollte nur fragen… ob wir… vielleicht zusammen etwas machen können?«

Anna seufzte leise, wandte den Blick zurück zum Bildschirm, die Finger fuhren durch eine lose Strähne ihres Haares, als würde sie einen unsichtbaren Knoten lösen.

»Ich habe wirklich viel zu tun, Emma. Ich muss diese Entwürfe bis morgen fertig haben.«

Emma trat einen Schritt näher, ihre kleinen Hände unsicher hinter dem Rücken verschränkt. »Aber es ist Samstag... und ich dachte, vielleicht könnten wir... nur für eine Weile.«

Anna sah noch immer auf den Bildschirm, als wäre ihre Tochter nicht wirklich dort. »Schatz, ich weiß, dass du das nicht verstehst, aber es gibt Zeiten, in denen ich arbeiten muss. Dieses Projekt ist wichtig. Du hast doch deine Bücher, oder? Oder vielleicht kann Magda mit dir etwas unternehmen.«

Emma spürte, wie die Kluft zwischen ihnen wieder wuchs, wie jedes Wort ihrer Mutter wie ein unsichtbarer Nebel den Raum füllte und sie beide voneinander trennte. Sie biss sich auf die Lippe, der Kloß in ihrem Hals wurde größer.

»Magda ist auch beschäftigt«, sagte sie leise. »Ich wollte nur, dass wir... zusammen was machen.«

»Emma«, sagte Anna, diesmal etwas fester, aber immer noch abwesend. »Ich habe wirklich keine Zeit. Vielleicht morgen.«

Aber Emma wusste, dass es kein »morgen« geben würde, nicht so, wie sie es sich wünschte. Es würde immer nur Arbeit geben, immer nur das Versprechen von etwas, das nie kam. Sie sah ihre Mutter an, spürte die Distanz zwischen ihnen und wusste nicht, wie sie diese durchdringen sollte.

»Okay«, sagte sie leise und drehte sich um, ohne ein

weiteres Wort zu sagen. Anna sagte nichts, sie hörte nur das Klicken der Tastatur, als Emma den Raum verließ, unsichtbar und lautlos, wie immer. Sie lebte mit einem tiefen inneren Konflikt, der sie ständig begleitete. Auf der einen Seite stand ihr unermüdliches Streben nach beruflichem Erfolg, das von der Gesellschaft und ihrer eigenen Prägung als unverzichtbar angesehen wurde. Auf der anderen Seite spürte sie eine wachsende Leere und das schmerzhafte Bewusstsein, dass sie wichtige Momente im Leben ihrer Tochter verpasst. Ihr Heim, einst ein Symbol für ihre kreative Kraft und ihren Erfolg, war für sie zu einem Gefängnis geworden, in dem sie die Folgen ihrer Entscheidungen spürte, ohne sie rückgängig machen zu können. Sie wusste, dass Emma sie brauchte, doch sie fand keinen Weg, die Anforderungen ihrer Karriere und die Bedürfnisse ihrer Tochter in Einklang zu bringen. Oft fühlte sie sich zerrissen zwischen dem Wunsch, eine erfolgreiche Architektin zu bleiben, und dem Gefühl, als Mutter versagt zu haben. Diese innere Zerrissenheit führte dazu, dass Anna sich immer weiter von ihrer Familie entfremdete. Das eigene Zuhause, das sie einst mit so viel Hingabe entworfen hatte, wurde zu einem Ort, an dem sie funktionierte, aber nicht wirklich lebte.

Als Emma das Büro ihrer Mutter verließ, hielt Anna inne. Ihre Finger verharrten einen Moment über den Tasten. Der Raum war wieder still, das leise Ticken der Uhr an der Wand das einzige Geräusch, das die Leere ausfüllte. Doch in dieser Stille lag etwas, das Anna nicht benennen konnte. Ein Hauch von etwas Vergangenem, etwas Ungesagtem.

Sie schloss die Augen, atmete tief ein, als wolle sie die Unruhe, die sich in ihr ausbreitete, vertreiben. Es war nur ein Moment, dachte sie. Nur eine Kleinigkeit. Emma wird das verstehen, irgendwann. Sie wird lernen, wie die Welt funktioniert, wie wichtig es ist, sich zu konzentrieren, zu arbeiten. Das Leben verlangt Opfer, und das musste auch sie lernen. Aber warum, fragte sie sich flüchtig, fühlte sich dieser Moment so schwer an? So... endgültig?

Ihre Finger fuhren über die Tastatur, doch die Worte, die sie eben noch mit solcher Klarheit formuliert hatte, verschwammen vor ihren Augen. Die Linien des Bildschirms schienen unscharf zu werden, wie durch einen Schleier. Für einen Augenblick war da das Bild von Emma, wie sie an der Tür gestanden hatte, zögernd, fast schüchtern. Es war das Bild eines Kindes, das sie liebte, aber in der Eile des Alltags nicht mehr wirklich sah. Nicht mehr spürte.

Sie öffnete die Augen wieder, starrte auf den Entwurf vor sich, als ob die Linien der Gebäude ihr eine Antwort geben könnten. Aber da war nichts. Nur Stille. Ein leeres Büro und ein entferntes Gefühl, das in ihr nagte, als würde sie etwas verlieren, ohne es überhaupt zu bemerken.

»Vielleicht morgen«, murmelte sie leise zu sich selbst, aber in ihrem Inneren wusste sie, dass dieses »Morgen« immer auf sich warten ließ, wie ein Zug, der nie wirklich ankommt.

3

Emma blieb im Flur stehen. Ihr Blick fiel auf die Tür des Büros ihres Vaters. Sie war nur einen Spalt offen, gerade genug, um das gedämpfte Geräusch von Tastaturanschlägen und Telefonkonferenzen zu hören. Irgendwie schien dieser Raum immer wie ein fernes Universum, unerreichbar, selbst wenn er nur ein paar Schritte entfernt war.

Sie dachte kurz daran, anzuklopfen, aber ließ den Gedanken rasch fallen. Es war sinnlos, das wusste sie. Ihr Vater hatte nie Zeit. Er war wie ein Schatten, der im Haus umherging, immer beschäftigt, immer in Bewegung, aber nie wirklich da. Emma spürte, wie sich das Gefühl der Unsichtbarkeit wieder in ihrem Bauch festsetzte, ein leises Drücken, das sie schon viel zu gut kannte.

Für Emma war Thomas eine ferne Figur, fast wie ein Gast im eigenen Haus. Sie sah ihn in seinen teuren Anzügen, mit seinem ständigen Blick aufs Handy, und spürte, dass er in einer anderen Welt lebte. Manchmal saß sie stumm neben ihm auf dem Sofa, während er E-Mails las oder am Telefon sprach, und sie fragte sich, ob er sie jemals wirklich bemerken würde. Thomas hingegen war sich Emmas Einsamkeit nicht bewusst. Er sah sie als gut versorgt – schließlich hatte sie alles, was ein Kind brauchte: ein Zuhause, eine Ausbildung, finanzielle Sicherheit. Doch er verstand nicht, dass sie etwas viel Wichtigeres vermisste: seine Zeit, seine Aufmerksamkeit.

Thomas war ein Mann, der in jeder Hinsicht Kontrolle ausübte – über seine Arbeit, seine Beziehungen, sogar über die Stunden seines Tages. Seine Welt war streng geordnet, wie die juristischen Dokumente, die sich in säuberlich beschrifteten Akten auf seinem Schreibtisch stapelten. Für ihn war das Leben eine Reihe von kalkulierten Entscheidungen, kein Raum für Zufall, keine Zeit für Unsicherheiten.

Im Gerichtssaal hatte er gelernt, Emotionen auszuschalten, sie in einer Kiste zu verschließen, die nie geöffnet werden durfte. Es war eine notwendige Disziplin, um in seinem Beruf zu überleben, um mit klarem Kopf Urteile zu fällen und sich nicht in den Strudeln anderer Menschen zu verlieren. Diese Präzision hatte ihm Erfolg gebracht – Respekt von Kollegen, einen tadellosen Ruf und das Vertrauen seiner Klienten.

In stillen Momenten – die selten waren – fragte sich Thomas manchmal, ob er etwas Entscheidendes im Leben verpasst hatte. Er sah andere Väter, die mit ihren Kindern spielten, lachten und Zeit miteinander verbrachten. Für einen Augenblick verspürte er einen Anflug von Schuld, vielleicht auch Neid. Doch sofort verdrängte er diese Gedanken. Gefühle waren störend, hinderlich, dachte er sich. Was zählte, waren die Ergebnisse, die Sicherheit, die er seiner Familie bot.

Trotz seines Erfolgs fühlte sich Thomas oft einsam, eingeschlossen in einem unsichtbaren Gefängnis, das er selbst geschaffen hatte. Er liebte seine Tochter Emma, doch er wusste nicht, wie er sie erreichen sollte. Jedes Mal, wenn er versuchte, ein Gespräch zu beginnen, scheiterte es an der Barriere, die sie umgab – eine Barriere, die er nicht durchdringen konnte, weil er nicht verstand, was sie von ihm brauchte.

Emma spürte diese Distanz zwischen ihnen ebenso deutlich wie die Schwere, die sie oft begleitete. Während sie den Flur entlangging und die Treppe zu ihrem Zimmer hinaufstieg, kehrten ihre Gedanken immer wieder zu dem unausgesprochenen Raum zurück, der zwischen ihnen klaffte.

Ihr Zimmer war groß und gemütlich, vollgestopft mit Büchern und Spielzeug, die sie nicht mehr interessierten. Alles war an seinem Platz, doch nichts fühlte sich richtig an. Es war, als ob all diese Dinge nur leere Hüllen waren, ohne den Hauch von Leben, den sie so dringend suchte.

Sie legte sich auf ihr Bett und starrte an die Decke. Die Tapete war hellblau mit kleinen weißen Wolken, die wie eine stumme Erinnerung an einen endlosen Sommerhimmel wirkten. Emma erinnerte sich daran, wie sie sich früher Geschichten ausgedacht hatte, in denen sie durch die Wolken flog, weit weg von hier, an einen Ort, wo sie wirklich gesehen wurde.

»Emma, Kuchen essen!« Magdas Stimme hallte durch das Haus, aber Emma machte keine Anstalten, sich zu bewegen. Es war nicht der Kuchen, nach dem sie sich sehnte. Es war nicht das, was sie brauchte. Manchmal fragte sie sich, ob sie einfach zu anspruchsvoll war, ob sie zu viel erwartete. Ihre Eltern sorgten gut für sie, ihre Großeltern waren immer da, und doch fühlte sich alles so hohl an, als ob das Leben in diesem Haus nur eine sorgfältig geplante Routine war, die niemanden wirklich berührte.

Emma schloss die Augen und versuchte, die Leere aus ihrem Kopf zu vertreiben. Doch die Gedanken ließen sich nicht vertreiben. Sie dachte an die Schule, an ihre Freunde, die so anders zu sein schienen, so unbeschwert und glücklich. Warum war es bei ihr nicht so? Warum fühlte sie sich, als ob sie durch eine unsichtbare Wand von allen getrennt war?

Der Regen trommelte sanft gegen das Fenster, als ob er versuchte, ihr etwas zu sagen. Emma wusste nicht, wie lange sie so dalag, bis sie schließlich aufstand und zu ihrem Schreibtisch ging. Sie zog ein leeres Blatt Papier hervor und begann zu schreiben. Worte flossen aus ihr heraus, ohne dass sie wirklich wusste, was sie sagen wollte.

Liebe Mama, lieber Papa,

ich möchte euch was sagen, weil ich mich manchmal ganz komisch fühle. Es ist so, als ob ich da bin, aber keiner sieht mich richtig. Ihr habt immer so viel zu tun, und das ist bestimmt wichtig, aber ich fühle mich oft allein. Manchmal sitze ich in meinem Zimmer und warte, dass jemand kommt oder mit mir redet, aber es passiert nicht. Ich mache Bilder l, aber ich weiß nicht, ob ihr sie seht. Ich leg sie manchmal auf den Tisch, aber keiner sagt was dazu. Ich würde mich freuen, wenn ihr sie anschauen würdet, weil ich das extra für euch male. Manchmal denke ich, ihr habt keine Zeit für mich, und das macht mich traurig. Ich weiß, ihr arbeitet viel, aber ich möchte auch mal mit euch reden oder was zusammen machen. Es ist auch so, dass ich das Gefühl habe, dass ich euch egal bin, obwohl ich weiß, dass das nicht stimmt. Aber es fühlt sich ebenso an, wenn ihr immer beschäftigt seid. Ich möchte nicht immer allein sein. Es wäre schön, wenn wir mal was zusammen machen könnten, ohne dass ihr an die Arbeit denkt.

Eure Emma

Als Emma den Brief zu Ende geschrieben hatte, legte sie den Stift zur Seite und betrachtete das Papier vor sich. Die Worte standen da. Gesprochene Gedanken, die endlich aus der Stille herausgetreten waren. Ein leichter, fast unmerklicher Druck schien von ihrer Brust zu weichen, als ob das Unsichtbare, das sie umgab, sich für einen Moment aufgelöst hätte. Es war nur ein kleiner Moment, doch in diesem fühlte sie sich ein wenig weniger unsichtbar – als ob die Worte, die sie geschrieben hatte, sie für einen Augenblick festgehalten hätten. Sie faltete das Papier sorgfältig zusammen und legte es in eine Schublade.

Als sie das Zimmer verließ und die Treppe hinunterging, spürte Emma, wie die vertraute Schwere zurückkehrte. Doch diesmal trug sie ein kleines Geheimnis mit sich, etwas, das nur ihr gehörte. Inzwischen hatten sich die Eltern und Großeltern im Esszimmer versammelt, um Annas neues Architekturprojekt zu feiern. Sie saßen um den großen, glatten, runden Tisch. Das Licht der Deckenlampen legte sich weich über die Szene, schimmerte warm auf den Gläsern, die leise klirrten, während Anna sprach. Ihr Lächeln war makellos, so geübt, dass es wie ein Teil ihrer Persönlichkeit wirkte, nicht wie eine bewusste Anstrengung. Sie erzählte von den Einzelheiten ihres Projekts, ihre Stimme voller Stolz, klar und sicher, wie jemand, der wusste, dass seine Arbeit beeindrucken sollte – und es auch tat.

Ihre Hände bewegten sich elegant, fast wie von selbst, während sie sprach. Sie zeichnete Linien in die Luft, um die Weite ihres Entwurfs zu verdeutlichen, und beschrieb die Eleganz der Strukturen, als könnten die Zuhörer sie direkt vor sich sehen. Ihre Worte hatten die Präzision einer Architektin, die genau wusste, wie sie andere von ihrer Vision überzeugen konnte.

Das Lächeln blieb auf ihrem Gesicht, selbst in den kurzen Pausen, wenn sie einen Schluck aus ihrem Glas nahm oder darauf wartete, dass jemand eine Frage stellte. Sie war in ihrem Element – genau hier, genau jetzt. Das Projekt war nicht nur eine Aufgabe gewesen; es war eine Aussage. Eine, die sie mit Stolz erfüllte. Und doch, irgendwo in der Ecke ihres Bewusstseins, schien etwas zu fehlen, ein winziger, kaum wahrnehmbarer Stich, den sie geschickt unter den Glanz ihrer Ausführungen verbarg.

Die Großeltern hörten aufmerksam zu, nickten, und ab und zu tauschten sie bewundernde Blicke aus.

Thomas legte eine Hand auf Annas Schulter, eine seltene Geste der Nähe und Anerkennung. Für einen Moment schien die Familie in einem gemeinsamen Takt zu atmen, als würden sie durch die Freude an Annas Erfolg für einen Abend näher zusammenrücken.

Emma stand abseits, beobachtete die Szene still von der Tür aus. Sie beobachtete sie für einen Moment, bevor sie leise ins Esszimmer ging. Der Kuchen stand unberührt auf dem Tisch, und Emma schnitt sich ein kleines Stück ab. Während sie die Gabel hob, hörte sie ihre Mutter etwas sagen, doch die Worte gingen in einem Rauschen unter. Emma nickte nur, obwohl sie nicht wirklich zugehört hatte. Es gab Sekt für die Erwachsenen, und Emma hielt ein Glas Apfelsaft in der Hand. Ihre Finger umklammerten das Glas fester, als es nötig war, aber sie sagte nichts. Die Stimmen um sie herum vermischten sich zu einem sanften, aber gleichgültigen Summen. Alle redeten, aber niemand sprach mit ihr.

»Auf Anna, die beste Architektin der Stadt!«, sagte Thomas, während er sein Glas in die Höhe hielt. Sein Blick war voller Stolz, aber auch distanziert, als würde er das Gesagte eher als eine Formalität behandeln. Anna saß in der Mitte, wie der Fixpunkt, um den alles kreiste. Auf dem Tisch lag die aufgeschlagene Architekturzeitschrift, die ihr neuestes Bauprojekt ausführlich zeigte – klar definierte Linien, minimalistische Formen, ein Monument für Rationalität und Ästhetik.

»Das Projekt ist wirklich atemberaubend«, sagte Emmas Großmutter und drehte die Zeitschrift in ihren Händen, als ob sie ein Kunstwerk betrachtet. »Es ist so schön, dass deine Arbeit endlich die Aufmerksamkeit bekommt, die sie verdient.«

Opa nickte zustimmend.

»Ja, das war längst überfällig. Man sieht, wie viel Herzblut du da hineingesteckt hast.«

Anna lächelte sanft und neigte den Kopf, als wäre sie es gewohnt, gelobt zu werden, doch ihre Augen schienen in der Ferne schon das nächste Projekt anzuvisieren.

»Es war wirklich eine Herausforderung«, begann Anna, ihre Stimme ruhig, fast geschäftsmäßig. »Aber alles lief nach Plan. Es ist das Ergebnis von harter Arbeit und sorgfältiger Planung.«

Emma saß stumm auf dem Sessel am Rande des Geschehens. Ihr Blick wanderte über die Gesichter ihrer Familie, die sich über die Zeitschrift und die Auszeichnung unterhielten. Es ging um Glasfassaden, Beton und Design. Um Struktur. Um Prestige. Ihre Mutter wurde gefeiert, als hätte sie ein ganzes Universum neu erschaffen. Und doch schien niemand zu merken, dass ein Teil dieses Universums, dieser Familie, unberührt in einem Sessel saß und den Gesprächen nicht folgen konnte.

»Und was denkst du, Emma?«, fragte plötzlich ihre Großmutter, die Einzige, die ihren Blick bemerkte. Doch die Frage war mehr eine Randbemerkung, aus Höflichkeit gestellt und nicht wirklich aus Interesse. Alle Blicke richteten sich für einen kurzen Augenblick auf sie, bevor die Aufmerksamkeit wieder zur Zeitschrift und zu Anna zurückkehrte. Emma spürte, wie sich ihre Kehle zuschnürte. »Es sieht... schön aus«, flüsterte sie, ohne zu wissen, was sie sagte. Ihre Worte gingen unter, verloren im nächsten Satz von Thomas, der erneut auf Anna anstieß.

»Und was wird das nächste Projekt?«, fragte Opa, die Frage bereits mit Vorfreude in der Stimme.

Anna lehnte sich in ihrem Stuhl zurück, die Finger sanft über das Glas streichend. »Ich habe einige Ideen. Aber darüber kann ich noch nicht sprechen.«

Emma blickte auf ihre Füße. Der Sessel fühlte sich immer größer an, während die Gespräche wieder um das Unfassbare kreisten – um Ideen, die sie nicht greifen konnte, um eine Welt, in der sie immer fehl am Platz zu sein schien. Die Luft um sie herum war leicht, voller Lachen und Anstoßen, aber sie schien in einem anderen Raum zu sitzen, unsichtbar für den Rest.

»Vielleicht wird es noch größer als das letzte«, sagte Thomas, seine Stimme voller Stolz.

»Das wird es sicher«, antwortete Anna, fast beiläufig, als sei das eine Selbstverständlichkeit.

Emma schluckte, versuchte, etwas zu sagen, doch ihre Worte blieben in ihrem Hals stecken. Was könnte sie schon beitragen, dachte sie. Ein leises Seufzen entfloh ihren Lippen, kaum hörbar, und sie fragte sich, ob jemand es überhaupt bemerkt hatte.

Die Gläser klirrten erneut, als die Erwachsenen ein weiteres Mal auf Anna anstießen. Emmas Blick wanderte zwischen den Gesichtern um den Tisch, doch niemand schien zu bemerken, wie still sie war. Ihre Finger spielten nervös mit dem Rand ihres Apfelsaftglases.

»Ich finde, du solltest dir eine Pause gönnen, Anna«, sagte die Großmutter und legte ihre Hand leicht auf

Annas Arm. »Du arbeitest ununterbrochen. Vielleicht wäre jetzt ein guter Zeitpunkt, um mal an dich selbst zu denken.«

Anna schüttelte leicht den Kopf und lächelte müde.

»Ach, Mama, du weißt doch, wie das ist. Ich kann nicht einfach aufhören. Es gibt immer etwas zu tun, immer neue Projekte. Das nächste große Ding wartet schon.«

Thomas nickte zustimmend und nahm einen Schluck Sekt. »So ist das eben, wenn man an der Spitze steht. Da gibt es keine Pausen.«

»Aber Familie sollte doch auch wichtig sein, nicht wahr?«, warf Opa ein und sah über den Tisch zu Emma. Seine Augen verweilten kurz auf ihr, als ob er etwas sagen wollte, doch dann wandte er sich wieder Anna zu. »Du könntest mehr Zeit mit Emma verbringen. Sie wird so schnell groß.«

Emma hörte diese Worte, doch sie klangen hohl, fast wie aus einer anderen Welt. Die Erwachsenen redeten über sie, als wäre sie gar nicht im Raum.

»Wir haben doch Zeit miteinander, Papa«, antwortete Anna, ein wenig ungeduldig. »Aber die Arbeit... sie verlangt eben viel. Du weißt das doch selbst.«

Thomas legte seine Hand beruhigend auf Annas Schulter. »Emma versteht das, oder?« Er drehte sich zu ihr um, aber seine Frage war eher rhetorisch, fast wie ein Befehl. Es war, als erwartete er eine Zustimmung, ohne wirklich zu hören, was sie sagen würde.

Emma nickte stumm, obwohl sie sich unwohl fühlte. Ein schwerer Kloß bildete sich in ihrem Hals, aber sie zwang sich zu einem Lächeln, so schwach es auch war.

»Natürlich versteht sie das«, sagte Anna, ohne zu Emma zu schauen. Ihre Augen waren immer noch auf die Zeitschrift gerichtet, in der ihr Gebäude in strahlendem Glanz abgebildet war. »Wir machen das doch alles für sie, für unsere Zukunft.«

»Genau«, murmelte Thomas und nahm einen weiteren Schluck. »Es geht um Sicherheit.«

Die Worte hingen in der Luft, als das Gespräch langsam wieder in den üblichen Fluss überging – Architektur, Projekte, die nächste Woche, die Pläne, die sie alle vorantrieben.

Emma saß weiterhin still da. Das Surren der Stimmen drang an ihre Ohren, doch die Worte schienen nur an der Oberfläche zu kratzen. Keiner sah sie an. Keiner hörte, was sie sagen könnte, wenn sie es überhaupt versuchte.

In der Ferne hörte sie das Ticken der Wanduhr. Sekunden vergingen, Minuten vielleicht. Für die anderen schien die Zeit zu rennen, doch für Emma fühlte es sich an, als wäre sie in einem stillen Raum eingeschlossen, wo die Zeit stagnierte. Alles bewegte sich um sie herum, doch sie blieb stehen. Unsichtbar.

Die Großmutter gähnte, ihre Hand schützend vor den Mund gelegt, als wolle sie die Müdigkeit vor den anderen verbergen. Sie sagte etwas zu Großvater, ein paar Worte, die kaum über ein Flüstern hinausgingen. Dann wandte sie sich zur Treppe, ihre Schritte langsam und bedacht, wie jemand, der sich nicht verabschiedet, sondern in eine andere Welt gleitet.

4

Emma lief die Treppe hinauf, und ihre Schritte hallten durch die hohen Wände des Hauses. Jeder Tritt war ein absichtlicher Bruch in der Stille, ein Versuch, die leere Ruhe, die über allem lag, zu vertreiben. Es war eine Stille, dicht und schwer, die sich über das Haus gelegt hat. Mit Absicht ging sie laut, als könnte das Geräusch ihrer Schritte diese merkwürdige, bedrückende Ruhe vertreiben. Doch je mehr sie den Klang ihrer Sohlen auf dem kalten Holz hörte, desto bewusster wurde ihr, dass sie gegen eine Stille kämpfte, die viel tiefer ging als nur die Geräusche, die sie erzeugen konnte. Es war eine Stille, die nicht einfach mit Lärm gefüllt werden konnte, eine, die in den Wänden wohnte, in den Räumen zwischen den Dingen, und vor allem in den Herzen derer, die hier lebten.

Oben angekommen, hielt Emma kurz inne, lauschte dem leisen Nachklang ihrer Schritte. Aber dann war wieder nur Stille. Sie war da, und doch war sie unsichtbar – genauso wie die Geräusche, die so schnell verschwanden, als wären sie nie wirklich da gewesen. Als sie an der Tür zur Großmutter vorbeiging, hörte sie eine leise

Stimme.

»Emma, komm doch herein.« Es war nicht unbedingt eine Aufforderung, eher eine sanfte Einladung, wie ein Windstoß, der leise durch einen offenen Spalt weht.

Emma zögerte kurz, bevor sie die schwere Holztür öffnete. Der Raum ihrer Großmutter war anders als der Rest des Hauses – voller Erinnerungen, die auf merkwürdige Weise lebendig wirkten. Überall standen alte Fotos, Kerzen, die niemals angezündet wurden, und Möbelstücke, die längst aus der Mode gekommen waren. Der Geruch von verwelkten Blumen lag in der Luft.

»Setz dich, mein Kind«, sagte die Großmutter, ohne aufzusehen.

Sie saß in ihrem Sessel, als wäre sie selbst ein Teil des alten Mobiliars geworden, die Hände gefaltet, der Blick in die Ferne gerichtet.

Emma setzte sich vorsichtig auf die Kante eines Stuhls, der seltsam knarrte, als er ihr Gewicht aufnahm. Eine Weile schwiegen sie, und Emma fühlte sich, als sei sie in eine andere Zeit eingetreten, in einen Raum, der irgendwie aus der Gegenwart gefallen war.

»Wie war dein Tag?«, fragte die Großmutter schließlich. Es klang wie eine Frage, die tausendmal gestellt worden war, ohne dass je eine wirkliche Antwort darauf gekommen war.

»Er war… okay«, antwortete Emma, aber die Worte fühlten sich hohl an, bedeutungslos.

Was sollte sie auch sagen? Dass ihre Tage sich wie ein endloser Strom von Nichts anfühlten, dass sie für die Menschen um sie herum genauso unsichtbar war wie die

Erinnerungen, die in diesem Raum verweilten?

Die Großmutter nickte langsam, als ob sie genau verstand, was nicht gesagt wurde. »Früher«, begann sie, ihre Stimme so sanft wie der Staub, der sich auf den alten Büchern abgesetzt hatte, »war das Leben anders. Es ging nicht so sehr um das, was man erreicht. Es ging darum, was man spürte, was man teilte. Aber das ist lange her.«

Emma sagte nichts. Sie wusste nicht, ob sie den Worten Glauben schenken sollte oder ob sie nur Teil einer längst vergangenen Zeit waren, die für sie keine Bedeutung mehr hatte.

»Ich weiß, es ist schwer«, sagte die Großmutter leise und sah Emma jetzt direkt an. »Aber eines Tages wirst du verstehen. Manchmal sind wir uns selbst am nächsten, wenn wir uns am entferntesten von anderen fühlen.«

Es war ein seltsamer Satz, aber Emma spürte, wie er sich in ihr festsetzte, wie ein verlorener Gedanke, der darauf wartete, gefunden zu werden.

Als Emma schließlich aufstand und den Raum verließ, war die Stille im Haus noch tiefer als zuvor. Doch diesmal fühlte sie sich anders an – schwerer, dichter, fast greifbar. Sie blickte zurück zur Tür ihrer Großmutter, dann weiter zu dem endlosen Flur, der vor ihr lag.

Sie wusste nicht genau, was sich verändert hatte, aber irgendetwas hatte sich in ihrem Inneren bewegt. Ein Stück von ihr, das sie lange nicht bemerkt hatte, war erwacht – nur, um ihr zu zeigen, dass es keinen Ausweg aus dieser Einsamkeit gab. Nicht hier, nicht jetzt. Das leise Klicken der Tür hinter ihr war das letzte Geräusch, bevor die Stille wieder das gesamte Haus einnahm.

Nachdem Emma das Zimmer ihrer Großmutter verlassen hatte, fühlte sie sich seltsam schwer, als ob das Gespräch, das sie geführt hatten, nicht wirklich geendet hatte, sondern sich leise in ihrem Inneren fortsetzte. Der Geruch von Lavendel, der in der Luft des Zimmers gehangen hatte, schien sie zu begleiten, ein bittersüßer Duft, der sie an die Zeit erinnerte, als die Welt kleiner war und weniger Geheimnisse enthielt.

Sie schlich den Flur entlang, der plötzlich endlos wirkte. Ihre Hand glitt über die glatte Oberfläche der Wand, doch sie spürte sie kaum. Es war, als ob alles, was sie berührte, sich in Nebel auflöste, unwirklich, ungreifbar.

Emma dachte an das Gesicht ihrer Großmutter. Da war eine Traurigkeit gewesen, die sie nicht ganz verstand, aber spüren konnte. Wie ein Schleier, der sich über ihre Worte gelegt hatte, obwohl sie nichts direkt gesagt hatte. Vielleicht, dachte Emma, waren sie sich ähnlicher, als sie bisher geglaubt hatte. Beide waren auf ihre Weise unsichtbar – ihre Großmutter, weil die Zeit sie still und leise in den Hintergrund gedrängt hatte, und sie selbst, weil niemand sie wirklich sah.

Unten im Wohnzimmer hörte sie gedämpfte Stimmen – ihre Mutter, ihren Vater, und das leise, schnelle Lachen der Magda. Die Welt dort unten schien so weit weg, als gehörte sie zu einem anderen Leben. Emma zögerte. Sie wusste nicht, ob sie Teil davon sein wollte, oder ob sie weiterhin in der Stille ihres eigenen Universums verschwinden sollte, wie ein verlorener Stern am Himmel, der nur aus der Ferne leuchtet.

Sie blieb stehen, mitten im Flur, und lauschte dem murmelnden Gespräch unter ihr. Nichts davon war für sie bestimmt, nichts davon konnte die Leere füllen, die sich in ihr ausbreitete.

Sie saß wieder allein in ihrem Zimmer, an die Tür angelehnt, als ob sie auf etwas oder jemanden wartete, der jedoch nie kommen würde. Die Beine an die Brust gezogen, den Kopf auf den Knien. Gefangen in der Leere des Hauses, in der Stille.

Vor ihr auf dem Schreibtisch lag ein Blatt Papier, sauber und ordentlich, als wäre dies die letzte Verbindung zu der Welt, die sie bald verlassen würde. Sie hatte es lange betrachtet, bevor sie sich entschloss, es zu beschreiben. Ihre Hände zitterten leicht, als sie den Stift hob, aber nicht vor Angst – vielmehr war es eine seltsame Mischung aus Traurigkeit und Erleichterung. Emma wusste, dass sie das Richtige tat, auch wenn niemand es verstehen würde.

Die Worte, die sie auf das Papier schrieb, waren simpel und knapp, aber für sie bedeuteten sie viel mehr. »Ich bin weg. Ihr müsst mich nicht suchen.« Mehr wollte sie nicht schreiben. Keine langen Erklärungen, keine Schuldzuweisungen. Sie wusste, dass ihre Familie nicht verstehen würde, warum sie ging. Sie wussten nicht einmal, dass sie schon lange fort war, lange bevor ihre Füße das Haus verließen. Die Trennung, die Kluft zwischen ihnen, war viel älter als dieser Moment. Nachdem sie die beiden Sätze geschrieben hatte, faltete sie das Papier sorgfältig und legte es auf den Schreibtisch, genau in die

Mitte, wo ihre Mutter ihn sehen würde. Dann ging sie zum Fenster und sah hinaus in den dunklen Himmel. Es regnete leicht, der Regen tropfte langsam am Fenster hinab, als ob der Himmel selbst weinte, während die Welt um sie herum gleichgültig blieb.

Emma schob sich leise unter die Decke und zog sie bis zum Kinn, als könnte das Gewicht des Stoffes sie vor den leisen Gedanken in ihrem Kopf schützen. Sie lauschte dem sanften Knarren des Hauses, das sich langsam zur Ruhe legte, jede Ecke in gedämpftes Halbdunkel getaucht. Sie wusste, dass ihre Mutter gleich kommen würde, um durch die Tür zu spähen – ein kurzer Blick, gerade lang genug, um sicherzugehen, dass sie da war.

Es war ein vertrautes Ritual, das fast zu einer stillen Übereinkunft zwischen ihnen geworden war. Ihre Mutter würde sich vergewissern und Emma würde so tun, als schliefe sie tief und fest, den Atem ruhig und gleichmäßig. In dieser nächtlichen Routine lag eine Art von Nähe, die tagsüber fehlte – ein unsichtbares Band, zart und flüchtig, das sie beide in der Dunkelheit verband.

Die Tür öffnete sich leise, kaum mehr als ein schmaler Spalt, durch den ein Streifen Licht auf Emmas Gesicht fiel. Anna warf einen schnellen Blick ins Zimmer, die Augen prüfend, aber voller Müdigkeit. Emma hielt den Atem an, reglos unter der Decke, während die Sekunden wie zögerliche Regentropfen verstrichen. Dann schloss sich die Tür wieder, leise und behutsam. Sie lauschte den sich entfernenden Schritten, bis die Stille des Hauses sich wieder um sie legte. Einen Moment noch wartete sie, dann schob sie die Decke zur Seite, setzte die Füße auf den kühlen Boden und stand auf. Emma zog langsam ihre Jacke an, eine einfache, abgetragene Jacke, die sie immer mochte, auch wenn niemand sie je beachtete. Sie nahm einen tiefen Atemzug, schloss die Augen für einen Moment und ließ die Stille des Raums auf sich wirken. Es gab keinen lauten Abschied, keine dramatischen Worte. Es war nur ein Moment der Entscheidung, leise und klar.

Bevor sie das Zimmer verließ, drehte sie sich noch einmal um, als ob sie sich von diesem Raum verabschieden würde, der so viel von ihrer Einsamkeit gesehen hatte. Dann öffnete sie die Tür und trat hinaus, ihre Schritte kaum hörbar auf dem Flur. Sie verließ ihr Zimmer und schloss leise die Tür hinter sich, als ob sie nichts und niemanden stören wollte. Der Flur war still, nur das leise Tropfen des Regens an den Fenstern begleitete sie, als sie durch das große, leere Haus ging. Ihre Schritte hallten kaum wahrnehmbar, doch in ihrem Kopf schien jeder Schritt lauter zu werden, wie ein unhörbarer Aufschrei, der in den Wänden widerhallte.

Sie blieb für einen Moment auf der Treppe stehen und lauschte. Die Geräusche aus dem Esszimmer waren gedämpft; ihre Eltern und Großeltern schienen immer noch mit den Details von Annas neuem Architekturprojekt beschäftigt zu sein. Das Klicken von Gläsern, leises Lachen – alles klang so weit weg, als ob es aus einer anderen Welt käme, einer Welt, zu der sie keinen Zugang mehr hatte.

Emma atmete tief ein und fühlte, wie sich ihre Brust anspannte. Niemand würde sie vermissen, zumindest nicht sofort. Ihre Mutter würde den Zettel vielleicht erst am nächsten Morgen finden und bis dahin... bis dahin wäre sie längst fort. Sie wusste noch nicht genau, wohin sie gehen würde, aber das spielte keine Rolle. Wichtig war nur, dass sie verschwand, aus diesem Haus, aus dieser Stille, die sie wie ein unsichtbares Netz umklammert hielt.

Als sie die Haustür erreichte, zögerte sie. Der Gedanke, hinauszutreten in die Welt, die so groß und unüberschaubar schien, ließ sie für einen Moment erstarren. Aber dann hörte sie wieder die Stimmen ihrer Familie, gedämpft und bedeutungslos, und ihr Entschluss festigte sich. Ohne zurückzublicken, öffnete sie die Tür, und der kühle Regen traf auf ihr Gesicht, ein unerwartet befreiendes Gefühl. Emma ging hinaus, die Nässe auf ihren Haaren und ihrer Kleidung spürend, aber es störte sie nicht. Sie fühlte sich leichter. Die Straßen waren still, niemand schien an diesem regnerischen Abend unterwegs zu sein. Sie ging die Straße hinunter, einfach weg von dem, was hinter ihr lag.

Währenddessen, im Haus, ging das Leben weiter, als ob nichts passiert wäre. Die Familie saß im Wohnzimmer, vertieft in Diskussionen über das nächste Projekt, das nächste große Ding. Magda, die Haushälterin, räumte in der Küche auf, und die Großeltern erzählten Geschichten von früher. Niemand bemerkte Emmas Abwesenheit. Niemand spürte die Lücke, die sie hinterließ.

Doch es gab einen Moment, eine kleine Unruhe, die sich in Annas Gedanken schlich. Sie spürte plötzlich ein Unbehagen, das sie nicht genau benennen konnte. Es war, als ob etwas nicht stimmte, ein leiser Alarm, den sie fast überhörte. Sie warf einen kurzen Blick zur Uhr. Aber dann kehrten ihre Gedanken schnell zu dem Gespräch am Tisch zurück und das Gefühl verschwand genauso schnell, wie es gekommen war.

Emma ging weiter; jeder Schritt trug sie weiter fort von einer Welt, die ihr fremd blieb, eine Welt, die sie nicht zu sehen schien.

Der Abend senkte sich schwer auf die Straßen der Stadt und ein feiner, fast unsichtbarer Regen begann, die Oberflächen zu benetzen, so leise, dass man ihn kaum hörte. Die Lichter der Laternen warfen flüchtige Schatten auf den Gehweg, während Emma, eingehüllt in ihre viel zu dünnen Jacke, die Hände tief in die Taschen vergraben, ziellos weiterging. Die Kälte kroch ihr in die Knochen und das leise Plätschern ihrer Schritte war das einzige Geräusch in der stillen Straße.

Eine Weile lang ging sie so weiter, bis sie vor einem alten, heruntergekommenen Haus stehen blieb. Die Fenster waren dunkel, bis auf eines im Erdgeschoss, in dem ein mattes, warmes Licht brannte, wie ein einsamer Stern in der Nacht. Emma fühlte sich seltsam angezogen von diesem Licht, als hätte es sie auf eine Weise bemerkt, die sonst niemand tat. Gerade als sie nähertreten wollte, öffnete sich die Tür und eine alte Frau trat heraus, die Schultern in ein großes, schweres Tuch gehüllt.

Die Frau blieb kurz stehen, als sähe sie direkt in Emmas Richtung, obwohl das Licht sie kaum erreichen konnte. Ihre Augen, von feinen Falten umrahmt, wirkten zugleich wach und fern, als hätten sie mehr von der Welt gesehen, als sie zu erinnern bereit waren.

»Du bist spät unterwegs, Kind«, sagte die Frau schließlich, ihre Stimme leise, aber fest, als ob sie die Worte sorgfältig wählte, bevor sie sie freigab.

Emma stand reglos da, unfähig, den Blick von der Frau abzuwenden. Es war, als würde diese fremde, alte Frau sie auf eine Weise erkennen, die selbst ihre Eltern nie gekannt hatten.

»Komm herein, bevor du dir noch eine Erkältung holst«, sagte die Frau und streckte eine Hand aus, die faltig und warm wirkte, wie die eines Baumes, der so viele Jahre Wind und Wetter überdauert hat.

Emma zögerte nur kurz, dann trat sie in das Haus, das nach getrockneten Blumen und altem Holz duftete. Die Wärme des Raumes umfing sie sofort, ein willkommener Kontrast zur feuchten Kälte draußen. Die alte Frau führte sie in ein kleines Wohnzimmer, in dem eine alte Stehlampe brannte und einen schwachen, gelblichen Schein über die verstaubten Möbel warf. Sie setzte sich in einen abgewetzten Sessel und wies Emma an, sich auf das Sofa zu setzen.

Eine Weile saßen sie schweigend da, das Ticken einer alten Standuhr war das einzige Geräusch im Raum. Die Frau schien nicht in Eile, Fragen zu stellen und Emma spürte zum ersten Mal seit langem, dass sie keine Worte finden musste, um ihre Anwesenheit zu erklären.

»Erzähl mir, warum du hier draußen bist«, sagte die Frau schließlich, ihre Stimme weich. »Es ist spät und die Nacht ist lang.«

Emma spürte, wie sich ein Knoten in ihrer Brust löste,

ein leises Ziehen, das sie nicht mehr zurückhalten konnte. Sie erzählte der Frau von dem großen, stillen Haus, von ihren Eltern, die immer in Eile waren und von den vielen leeren Räumen, die nie auf sie zu warten schienen. Sie sprach von den Abenden, an denen sie allein im Bett lag und die Schritte ihrer Eltern hörte, wie ein Echo, das durch die Wände drang, ohne sie jemals zu erreichen.

Die Frau hörte aufmerksam zu, ihre Augen ruhten auf Emma, ohne sie zu drängen.

»Einsamkeit«, sagte sie leise, »ist wie eine zweite Haut. Je länger man sie trägt, desto schwerer wird sie.«

Emma nickte, ohne es ganz zu verstehen, doch die Worte der Frau fühlten sich an wie ein unsichtbarer Faden, der sich leise um ihr Herz schlang.

»Manchmal«, fuhr die Frau fort, »müssen wir unseren eigenen Platz in dieser Welt finden, auch wenn die Welt uns nicht immer zu sehen scheint.« Sie lächelte leicht und legte eine Hand auf Emmas Schulter, eine Berührung, die so warm und sanft war, dass Emma die Augen schließen musste, um nicht die Tränen zu zeigen, die sich in ihren Augenwinkeln sammelten.

Eine Weile blieben sie so sitzen, in diesem stillen Raum, der nichts von ihr verlangte. Emma spürte, wie etwas in ihr ruhiger wurde, ein Gefühl, das sie lange nicht mehr gekannt hatte. Die Frau stand schließlich auf und brachte eine alte Decke, die sie sanft um Emma legte.

»Du kannst hier bleiben, bis du wieder weißt, wohin du gehen willst«, sagte sie nur und in ihren Worten lag eine Ruhe, die Emma in ihrem Herzen trug, wie eine zarte Erinnerung an etwas Verlorenes.

In dieser Nacht, während die Welt draußen in der Dunkelheit verschwand, fühlte sich Emma zum ersten Mal seit langer Zeit nicht mehr unsichtbar.

Sie sank langsam auf das weiche Sofa, die Decke über ihre Schultern gezogen. Die warme, gedämpfte Stille des Raumes legte sich beruhigend, wie ein unsichtbarer Kokon um sie. In der Umarmung der Dunkelheit, während ihre Augenlieder schwerer wurden, glitt sie schnell in den Schlaf, als ob sie sich in eine tiefe, friedliche Welt fallen ließ.

5

Der nächste Morgen begann – zumindest oberflächlich betrachtet – wie jeder andere. Der Himmel zeigte sich in einem Grau, das eine meteorologische Langeweile ausstrahlte, und das Licht, das durch die großen Fenster fiel, hatte die bleierne Qualität, die Fotografen zu Flüchen und Philosophen zu Gedichten inspiriert.

Die Kaffeemaschine, ein treues Gerät mit einem Hang zur leichten Übermotivation, summte in der Küche. Der Duft von frisch gebrühtem Kaffee machte sich auf seinen allmorgendlichen Weg durch das Haus, und aus dem Radio murmelte eine Stimme, die offenbar der Meinung war, dass man die Ereignisse der Welt nüchterner kommentieren sollte, als es die Welt verdient hätte. Doch da war etwas. Etwas, das nicht in das wohlgeölte Getriebe des gewohnten Morgens passte.

Thomas hatte die Großeltern zum Bahnhof gebracht. Es war eine Routinefahrt, wenn auch mit der leisen Schwere von Dingen, die vielleicht nicht ganz so routiniert sind. Am Bahnhof blieben sie für einen Moment stehen, alle drei den Gleisen zugewandt, die sich in einer geraden, unspektakulären Linie in die Ferne zogen. Die

Großeltern standen nah beieinander, Koffer in den Händen – nicht nur als praktisches Gepäck, sondern als Symbol für das, was diese Reise mit sich brachte: eine stille Freude, gemischt mit der Art von Ungewissheit, die man nie ganz aussprechen kann.

Thomas übernahm das Gepäck, eine Aufgabe, die er ohne viele Worte erledigte, aber mit einem Blick, der sagte: »Ich mach das gern.« Ein Nicken folgte, fast zu kurz, um es bedeutungsvoll zu nennen, und dann ein Händedruck. Der Großvater hielt die Hand einen Moment länger, als ob er darin nicht nur Abschied, sondern auch so etwas wie Zuspruch oder Bestätigung finden wollte.

Die Lautsprecheransage setzte ein, eine Mischung aus dumpfen Worten und dem Echo, das auf einem leeren Bahnsteig immer etwas größer klingt, als es eigentlich ist. Und dann kamen die letzten Worte des Abschieds – knapp, wie immer, aber vielleicht gerade deshalb so bedeutsam.

Als der Zug langsam losrollte, schienen die Großeltern sich in den Lichtstreifen, die durch die Fenster fielen, aufzulösen. Thomas blickte ihnen noch nach, während die Waggons vorbeiglitten, immer schneller, bis der Zug eine ferne Silhouette in der kühlen Oktoberluft war. Die Nordsee und das wartende Schiff lagen noch Stunden entfernt, doch für die Großeltern schien die Reise bereits begonnen zu haben.

Gedankenversunken kehrte Thomas zurück an den Tisch. Der Stuhl, den er zurückgeschoben hatte, stand leicht schräg, als wäre er nur für einen kurzen Moment fortgegangen. Emma war nicht am Frühstückstisch. Anna bemerkte es erst, als sie selbst fast fertig mit ihrem Kaffee war. Ihr Blick fiel auf den leeren Platz, den Emma immer einnahm, ihr Stuhl stand akkurat und ordentlich, als wäre er nie benutzt worden. Für einen Moment zögerte Anna, als ob der Gedanke, dass ihre Tochter fehlte, in ihrem strukturierten Tagesablauf nicht vorgesehen war. Dann rief sie ihren Namen, mehr aus Routine als aus Sorge.

»Emma?«

Keine Antwort. Die Stille, die darauf folgte, war schwerer, als sie hätte sein sollen – eine dieser ungreifbaren Spannungen, die sich nicht erklären lassen, aber dennoch da sind. Thomas blätterte in seiner Zeitung, ein kleines, rhythmisches Rascheln, das die Stille nur betonte, anstatt sie zu brechen. Sein Gesicht blieb hinter den Seiten verborgen, was ihm die Möglichkeit gab, so zu tun, als würde er nichts bemerken – oder vielleicht bemerkte er tatsächlich nichts.

Die üblichen Geräusche des Hauses setzten sich fort: das Summen des Kühlschranks, ein leises Brummen der Heizung, das sonst niemandem auffiel. Aber jetzt waren sie da, unverkennbar und irgendwie zu präsent. Eine Art akustischer Hintergrund, der darauf hinwies, dass etwas fehlte – auch wenn niemand bereit war, das sofort einzugestehen.

Magda erschien in der Tür zur Küche, ein feuchtes Tuch in der Hand. Ihr Blick huschte kurz zu Anna und dann wieder weg. Jetzt besser nicht stören. Anna stand auf, ihre Bewegungen mechanisch und ging zum Flur, wo sie Emmas Jacke erwartete, die normalerweise achtlos über die Garderobe hing. Doch auch dort war nichts. Keine Jacke, keine Schuhe.

Die Zeit schien sich plötzlich zu verlangsamen, während Anna die Treppe hinaufging, ihre Schritte leise, aber spürbar, als ob das Haus selbst auf jede Bewegung lauschte. Die Türen zu den Zimmern standen alle offen, als wäre Emma einfach hindurchgeglitten, unsichtbar, wie sie es oft war.

An der Tür zu Emmas Zimmer blieb sie stehen. Für einen Moment schien die Luft um sie herum stillzustehen. Sie öffnete die Tür. Langsam, fast vorsichtig – nicht aus Angst vor dem, was sie finden könnte, sondern aus einer leichten Unsicherheit. Der Raum dahinter wartete, still und unbeweglich, als hätte er längst eine Antwort, die Anna noch suchte.

Das Zimmer war leer. Alles in perfekter Ordnung, was in diesem Moment seltsam fehl am Platz wirkte. Das Bett war gemacht, die Decke akkurat geglättet – so, wie Emma es selten hinterließ. Auf dem Schreibtisch lag ein einzelnes Blatt Papier, exakt mittig platziert, als hätte jemand Wert darauf gelegt, dass es sofort auffällt.

Anna blieb einen Moment stehen. Ihr Blick ruhte auf dem Papier, aber sie rührte sich nicht. Sie wollte den Moment hinauszögern, bevor das Unausweichliche eintrat. Schließlich hob sie es auf, vorsichtig, andächtig. Das Papier war sorgfältig gefaltet, der Knick war glatt und präzise, aber die Handschrift darauf war Emmas unverwechselbare: klein, unruhig, wie immer leicht geneigt.

Sie las die wenigen Worte. »*Ich bin weg. Ihr müsst mich*

nicht suchen.«

Für einen Moment schien der Raum kälter zu werden, obwohl sich nichts verändert hatte. Anna hielt das Blatt in den Händen, starrte darauf – die irrsinnige Hoffnung in sich tragen, es würde sich von selbst erklären. Aber die Worte blieben, so einfach und endgültig, wie sie geschrieben worden waren.

Anna starrte auf das Papier, als könnte es sich vor ihren Augen in Luft auflösen. Die Worte schienen schwerer zu wiegen, als sie sollten. *»Ich bin weg.«* Einfach und klar. Kein Ort, kein Ziel, nur das Versprechen, dass sie nicht gefunden werden wollte.

Emma war es gelungen das Unsichtbare, das immer in der Luft zwischen ihnen schwebte, in etwas Greifbares zu verwandeln.

Die Realität ihrer Abwesenheit war plötzlich da, unübersehbar, und schnitt tiefer als jede körperliche Entfernung.

Thomas stand nun im Türrahmen. Er sagte nichts, sondern betrachtete nur das Blatt in Annas Händen. Für einen Moment herrschte zwischen ihnen eine Stille, die alles sagte, was Worte nicht konnten. Sie hatten sie verloren, und sie wussten es beide. Doch wie lange war sie schon fort, bevor sie verschwand?

Kurz darauf kam Magda die Treppe hinauf. Ihre Bewegungen waren ruhig, fast zu ruhig, und ihre Augen groß und suchend, als versuchten sie, den Sinn in einer Geschichte zu finden, die sie nur halb verstand. Da war etwas Fragendes in ihrem Blick, aber auch eine Distanz, wie von einer Zuschauerin statt Teilnehmerin. Sie betrachtete das Geschehen von außen, ein stiller Beobachter in einem Drama, das sie zwar miterlebte, aber nicht beeinflussen konnte. Sie war da, präsent, und doch schien die Unruhe, die das Haus erfüllte, sie nur am Rande zu berühren – ein leises Echo, schwächer und weniger greifbar als die Spannung, die zwischen Anna und Thomas hing.

Magda hielt inne, sah sich kurz um, dann trat sie einen Schritt näher. Aber sie sagte nichts, und vielleicht war das in diesem Moment die beste Entscheidung, die sie treffen konnte.

Anna ließ das Papier sinken und sah aus dem Fenster, wo die Wolken weiterhin träge über den Himmel zogen. Alles schien normal, doch in dieser Normalität lag eine Absurdität, die sie nicht begreifen konnte. Emma war fort. Und doch war die Welt um sie herum unverändert. Wie konnte das sein?

Thomas trat an ihre Seite. Kein Wort, keine Fragen – nur dieser kurze Moment, in dem er auf das Blatt in ihrer Hand deutete. Anna reichte es ihm, fast mechanisch, als ob es eine unausgesprochene Abmachung gab, die sie beide gerade einhielten.

Er las die wenigen Worte, langsam, wie um sicherzugehen, dass nichts übersehen worden war. »Ich bin weg. Ihr müsst mich nicht suchen.« Seine Stirn zog sich leicht zusammen, aber er sagte nichts. Er las die Zeilen ein zweites Mal, dann ein drittes, als könnte sich dadurch etwas Neues ergeben, eine versteckte Bedeutung, die Anna nicht gefunden hatte. Doch da war nichts.

Nur die Worte. Nur das Verschwinden.

»Was machen wir jetzt?«, fragte Anna leise, die Frage weniger an ihn, sondern an sich selbst gerichtet.

Thomas antwortete nicht. Es war nicht nur Schweigen – es war ein Vakuum, das sich um ihn herum ausbreitete, als hätte seine sonst so klare, geordnete Welt beschlossen, dass sie für diesen Moment keine Regeln hatte. Logik und Struktur, die Pfeiler seines Denkens, schienen ihn im Stich gelassen zu haben.

Das Verschwinden eines Kindes war kein Problem, das er lösen konnte. Es passte nicht in irgendeine seiner Kategorien, ließ sich nicht mit einer klaren Strategie oder einem Plan beantworten. Also stand er da, stumm, und suchte nach Worten, die es nicht gab.

Die Minuten vergingen, und die Stille im Haus wurde zu etwas Greifbarem, Schwerem, das sich in die Wände zu fressen schien. Es war keine bloße Abwesenheit von Geräuschen, sondern eine Abwesenheit, die sich ausdehnte, sich über den Morgen legte und die vertrauten Klänge – das Summen des Kühlschranks, das Knarren der Dielen – regelrecht verschluckte. Die Stille war nicht leer; sie war voll von dem, was nicht gesagt wurde.

Anna stand noch immer da, das Blatt Papier in der Hand, regungslos, als ob sie hoffte, dass es eine Brücke zu einer anderen Wirklichkeit sein könnte – einer, in der Emma noch an ihrem Platz war. Eine, in der das Bett in ihrem Zimmer unordentlich war und der Stuhl am Frühstückstisch besetzt. Doch hier, in diesem Moment, war Emma nicht mehr da, und Anna wusste nicht, wohin sie gegangen war.

Vielleicht, dachte sie, war das nicht einmal die entscheidende Frage. Vielleicht war das Schlimmere, das Unaussprechliche, die Erkenntnis, dass sie sich nicht erinnern konnte, wann Emma zuletzt wirklich da gewesen war – nicht nur im Haus, sondern bei ihr, in ihrem Leben, in der Welt, die sie zu teilen glaubten.

»Vielleicht...« Thomas begann einen Satz, doch er endete im Nichts. Er war ein Mann, der für alles eine Lösung hatte, der in Verhandlungen und Streitfällen immer den Überblick behielt. Aber hier, vor der Leere, die Emma hinterlassen hatte, fehlten ihm die Worte.

Anna drehte sich langsam zu ihm um, ihre Augen suchten seinen Blick. Es war ein stilles, aber intensives Fragen, als ob sie von ihm Antworten erwartete, die er nicht geben konnte. Sie wusste, dass er genauso verloren war wie sie, auch wenn seine starren Züge das nicht verrieten.

»Wir müssen die Polizei rufen.« Annas Stimme war fest – zumindest an der Oberfläche. Doch in den Untertönen lag etwas anderes, etwas, das sie nicht ganz verbergen konnte: Unsicherheit, leise, aber unüberhörbar.

Das war doch der nächste logische Schritt, oder? Wenn ein Kind verschwindet, ruft man die Polizei. Das war, was man tat. Ein klarer Ablauf, ein Protokoll, an dem man sich festhalten konnte, wenn die Welt plötzlich jede Struktur verlor. Aber während sie die Worte aussprach, fühlte Anna eine seltsame Leere in ihrem Inneren, als ob sie sich selbst überzeugen musste. Was, wenn es nicht der richtige Schritt war? Was, wenn es zu früh war – oder zu spät? fragte sie sich.

Die Logik war da, aber sie reichte nicht, um die Schwere dieses Moments zu tragen.

Thomas nickte langsam, aber es war ein zögerliches Nicken, eines, das mehr Zweifel als Zustimmung ausdrückte.

»Vielleicht... vielleicht ist sie nur weggelaufen«, sagte er schließlich, die Worte vorsichtig gewählt, als ob er versuchte, eine fragile Theorie zu formulieren, die nicht zu leicht zerbrechen durfte. »Sie... kommt sicher bald zurück.«

Seine Stimme war ruhig, fast zu ruhig, und es war klar, dass er nicht wirklich an das glaubte, was er sagte.

Die Worte beruhigten Anna nicht. Vielmehr verstärkten sie das Gefühl, dass Thomas genauso verloren war wie sie. Er schien einen Strohhalm ergriffen zu haben und zu erwarten, dass sie dasselbe tat, obwohl sie beide wussten, dass der Strohhalm nicht halten würde.

Es klang mehr nach einem Mantra, das er für sich selbst wiederholte – ein verzweifelter Versuch, das Chaos zu ordnen, das Emmas Verschwinden in ihm ausgelöst hatte. Er hielt sich an der Idee fest, dass das alles nur ein temporärer Zustand war, eine kleine Störung, die bald vorübergehen würde.

Doch sein Blick verriet ihn. Da war keine echte Überzeugung, nur Hoffnung, die so dünn war, dass sie kaum hielt.

Doch Anna spürte, dass es mehr war. Emma war nicht einfach weggelaufen, weil sie wütend war oder sich kindisch rebellieren wollte. Es war etwas Tieferes. Etwas, das schon lange in der Stille des Hauses geschwelt hatte, unbemerkt, bis es nicht mehr ignoriert werden konnte.

»Ich werde nach ihr suchen«, sagte Thomas plötzlich, die Worte schnell, fast wie ein Entschluss, der ihm im selben Moment eingefallen war. Es schien beinahe, dass allein die Idee, etwas zu tun, ihm eine Art von Kontrolle zurückgeben könnte – ein Gegengewicht zur hilflosen Stille, die sich um sie gelegt hatte.

Aber seine Stimme verriet ihn. Da war keine Sicherheit, kein Plan. Und Anna wusste, noch bevor er sich überhaupt bewegte, dass er keine Ahnung hatte, wo er anfangen sollte. Vielleicht wusste er nicht einmal, was er suchte – Emma selbst oder irgendeinen Hinweis, der erklären könnte, warum sie gegangen war.

Trotzdem nickte Anna. Nicht, weil sie glaubte, dass seine Suche etwas ändern würde, sondern weil sie verstand, dass Thomas das tun musste. Bewegung war besser als Stillstand, auch wenn sie beide ahnten, dass die Antwort nicht einfach irgendwo da draußen auf ihn wartete.

Magda trat zögernd näher, fast unmerklich. Sie hielt kurz inne, bevor sie sprach, als würde sie den richtigen Moment abwarten oder sich selbst Mut zusprechen.

»Soll ich auch suchen gehen?«, fragte sie schließlich, ihre Stimme beinahe fragil.

In ihrem Ton schwang etwas mit – eine Mischung aus Unsicherheit und dem instinktiven Wunsch, hilfreich zu sein. Anna sah sie kurz an, dann schüttelte sie den Kopf.

»Danke Magda. Thomas und ich werden uns darum kümmern.«

Anna wusste nicht, warum sie das sagte. Vielleicht weil sie wusste, dass diese Suche nicht in den Straßen um das Haus herum beginnen konnte. Es war eine andere Art von Suche, eine, die in den stillen Momenten zwischen Eltern und Kind stattfand, in den Worten, die nicht gesprochen wurden, in den Berührungen, die ausblieben.

Anna setzte sich schließlich auf Emmas Bett, das so ordentlich gemacht war, als hätte ihre Tochter geplant, dass jemand genau diesen Moment erleben würde. Sie legte ihre Hände in den Schoß, starrte auf die glatte Oberfläche der Bettdecke und spürte, wie die Stille wieder auf sie zukroch. Was hätten sie anders machen können? Was hätten sie sagen sollen?

Aus der Ferne drang die monotone Stimme des Radios aus der Küche herüber, eine banale Wettervorhersage, gesprochen in einer Ruhe, die plötzlich unerträglich schien. Der Fremde im Radio sprach, als wäre nichts geschehen – als würde die Welt sich weiterdrehen, genau wie zuvor. Aber für Anna und Thomas hatte sich die Welt in einem Moment verwandelt, in dem ihre Tochter ihnen entglitten war, unsichtbar geworden in ihrem eigenen Stil.

6

Thomas nahm sein Handy in die Hand. Das vertraute Gewicht, das sonst so selbstverständlich war, fühlte sich plötzlich ungewohnt an, fast fremd. Seine Finger ruhten einen Moment auf dem kalten Glas, als ob sie abwägen müssten, ob sie wirklich das tun wollten, was er vorhatte. Dann glitt sein Daumen langsam über den Bildschirm, und die Ziffern erschienen nacheinander: 110.

Drei einfache Zahlen, technisch betrachtet bedeutungslos. Und doch schienen sie den Raum zu verändern. Die Luft fühlte sich dichter an, schwerer, fast drückend. Thomas zögerte, das Handy immer noch in der Hand, als ob das Wählen dieser drei Ziffern eine Grenze überschreiten würde, von der es kein Zurück mehr gab.

Mit jedem Moment, den er nicht drückte, wuchs das Gefühl, dass etwas Unausweichliches vor ihm lag – etwas, das ihn in eine Realität ziehen würde, die er noch nicht betreten wollte.

Das Wählgeräusch ertönte und schnitt durch die Stille, die das Haus durchzog. Das leise Summen der Heizung, das entfernte Rauschen der Stadt hinter den Fenstern, all das schien zu verstummen, als die Leitung auf der anderen Seite aufging.

»Polizei, wie kann ich Ihnen helfen?« Die Stimme klang sachlich, fast neutral. Ein Fremder am anderen Ende, weit weg, und doch jetzt unmittelbar Teil von Thomas' innerer Welt.

Er wollte sprechen, wollte die Worte formieren, aber sie blieben in seinem Hals stecken, wie eine Flut, die durch eine enge Schleuse wollte. Emma, dachte er. Emma ist weg. Doch als er den Mund öffnete, kamen nur Fetzen hervor. »Meine Tochter...« Seine Stimme klang hohl, fast wie ein Echo. »Sie... sie ist verschwunden.«

Die Worte hallten in seinem Kopf nach und für einen Moment hatte er das Gefühl, dass er etwas Endgültiges aussprach. Es gab nun kein Zurück mehr, keinen Moment der Verleugnung, in dem er sich einreden konnte, dass dies nur ein Missverständnis war. Emma war fort.

»Wie lange ist sie schon weg?«, fragte die Stimme am anderen Ende und Thomas spürte, wie die Realität ihn einholte. Wie lange? Wie konnte man Zeit messen, wenn man nicht einmal wusste, wann etwas wirklich begann? War sie nicht schon viel länger verschwunden, als dieser einzelne Tag es verriet? War sie nicht schon seit Jahren unsichtbar, entglitten, ohne dass er es bemerkt hatte?

»Seit heute Morgen«, sagte er schließlich, aber die Worte fühlten sich unvollständig an. »Sie hat einen Zettel hinterlassen. Sie will nicht gefunden werden.« Er hielt inne, als ob diese Aussage allein ihn in einen Zustand des Stillstands versetzen könnte.

»Verstehen Sie?«, sagte er, aber es war mehr an ihn selbst gerichtet als an den Polizisten. Er wusste nicht, ob er es selbst verstand. Konnte ein Kind sich so aus der Welt verabschieden, ohne Spuren zu hinterlassen? Die Stille, die nun folgte, war schwer, fast körperlich spürbar und Thomas erkannte, dass es nicht die Abwesenheit von Lärm war, die ihn belastete, sondern die Abwesenheit von Bedeutung.

»*Wir schicken jemanden vorbei. Wie ist ihre Adresse?*« Die Stimme am anderen Ende der Leitung war knapp und präzise.

»Schwanenweg 14«, sagte Thomas. Er sprach langsam und deutlich, als wäre er sich nicht sicher, ob die Person am anderen Ende der Leitung eine gute Verbindung hatte – oder ein gutes Gedächtnis.

Er ließ das Handy sinken, seine Hand zitterte leicht, als er es auf den Tisch legte. Die Stille kehrte zurück, umfing ihn wieder wie ein alter Mantel, den man zu lange nicht getragen hatte und doch saß er nun enger, drückte auf seine Schultern. Emma war fort, das war nun offiziell. Und trotzdem war nichts anders.

Im Flur hörte er Schritte. Anna kam herein, ihr Gesicht war blass, die Augen suchten nach einer Erklärung in seinem. »Hast du... hast du es der Polizei gesagt?«

Thomas nickte nur. Worte schienen ihm überflüssig. Sie wussten beide, was das bedeutete. Ein unsichtbarer Riss zog sich durch die Luft zwischen ihnen und obwohl sie so nah beieinanderstanden, fühlten sie sich weiter voneinander entfernt als je zuvor.

Anna ließ sich auf den Stuhl neben ihm sinken, ihre Hände verschränkt, als wolle sie sich selbst festhalten.

»Wie konnte es so weit kommen?«, flüsterte sie, mehr

zu sich selbst als zu ihm. »Wieso haben wir das nicht bemerkt?«

Thomas antwortete nicht sofort. Seine Gedanken wirbelten durcheinander, lose Fäden, die er nicht zusammenbringen konnte.

Er spürte, dass eine Antwort erwartet wurde, aber die Worte blieben aus. Stattdessen kehrte sein Kopf dorthin zurück, wo er in solchen Momenten immer hinging: in die Vergangenheit.

Er dachte an die letzten Tage, die Wochen davor – vielleicht sogar die letzten Jahre. An Emma, wie sie immer da war, immer sichtbar, aber dennoch irgendwie unerreichbar. Es war, als hätte sie sich langsam in einen Schatten verwandelt, eine leise, ungreifbare Präsenz, die durch das Haus glitt, ohne wirklich berührt zu werden. Sie sprach, sie lachte manchmal sogar, aber es war immer, als stünde eine unsichtbare Mauer zwischen ihr und der Welt.

Er hatte sie gesehen, diese Mauer, auch wenn er nie gewusst hatte, wie man sie durchbrechen konnte. Oder vielleicht – und das war der Gedanke, der ihn am meisten quälte – hatte er sich nicht genug bemüht. Vielleicht hatte er sie einfach akzeptiert, diese Distanz, weil sie leichter zu ignorieren war, als sich ihr zu stellen.

»Es ist nicht deine Schuld«, sagte er schließlich, aber die Worte fühlten sich hohl an, wie eine leere Phrase, die er sagte, weil es das war, was man in solchen Momenten sagte.

Anna schüttelte den Kopf. »Doch, ist es. Ich habe es gesehen, Thomas. Ich habe es gesehen und nichts getan.«

Die Stille dehnte sich aus, schwer und unangenehm. Draußen setzte der Regen ein, und das leise Trommeln der Tropfen auf dem Fensterglas füllte den Raum, als wäre es das Einzige, was die Zeit noch vorantrieb.

»Was machen wir jetzt?«, fragte Anna schließlich, ihre Stimme kaum mehr als ein Flüstern.

Thomas wusste es nicht. Der Plan, der immer da war, die Struktur, die er sich so akribisch aufgebaut hatte – sie bedeuteten jetzt nichts. Es gab kein Gesetz, keinen juristischen Trick, der ihn aus dieser Situation befreien konnte. Emma war weg und mit ihr war die Ordnung, die er in seinem Leben so streng gepflegt hatte, in Frage gestellt.

»Wir warten«, sagte er. »Und hoffen, dass sie zurückkommt.« Doch auch während er diese Worte sprach, fühlte er die Unsicherheit in ihnen. Denn tief in seinem Inneren wusste er, dass es nicht nur darum ging, dass Emma physisch zurückkehrte. Es ging darum, ob sie sie jemals wieder wirklich erreichen konnten.

Anna stand auf, ihre Bewegungen langsam, wie jemand, der nicht weiß, was der nächste Schritt sein soll. Sie ging zum Fenster, schaute hinaus auf den Regen, der die Welt draußen in einen grauen Schleier tauchte. Es war seltsam beruhigend und doch erdrückend, diese Monotonie des Alltags, die ungerührt weiterging, während ihr eigenes Leben in einem Chaos versank.

»Vielleicht...«, begann sie, aber sie beendete den Satz nicht. Vielleicht war es zu spät. Vielleicht hatte Emma bereits entschieden, dass sie nicht zurückkehren wollte. Vielleicht war es nicht einmal die Suche nach Emma, sondern die Suche nach dem, was zwischen ihnen verloren gegangen war, die sie jetzt vor sich hatten.

Und so warteten sie – auf ein Zeichen, eine Nachricht, irgendetwas, das ihnen sagte, wo Emma war, aber auch, wo sie selbst waren.

Als der Polizist eintraf, hörte Thomas das Geräusch von Schritten auf der Veranda – fest, bestimmt, ein Rhythmus, der sich sofort von der gedämpften Stille im Haus abhob. Dann folgte das Klopfen an der Tür. Nicht laut, aber deutlich genug, dass es wie ein Schnitt durch die angespannte Luft wirkte.

Anna, die immer noch am Fenster stand, unbewegt wie eine Figur in einem Gemälde, drehte sich plötzlich um. Ihr Blick war leer, als hätte sie gerade erst bemerkt, dass sie überhaupt dort stand. Das Klopfen schien sie aus einem Traum gerissen zu haben.

Thomas atmete tief durch, fast unmerklich. Er stand auf, die Bewegung langsam, wie jemand, der wusste, dass dies der Beginn von etwas war, was er nicht aufhalten konnte. Er ging zur Tür und öffnete sie schließlich. Sein Atem war ruhig, doch jeder Zug fühlte sich an, als müsse er ihn erst wieder neu lernen.

»Guten Tag«, sagte der Polizist ruhig. »Ich bin hier, weil Sie Ihre Tochter als vermisst gemeldet haben.«

Thomas nickte, sein Mund trocken. Er machte einen Schritt zurück und ließ den Polizisten in das Haus eintreten.

Der Polizist trat ein, ein Mann mittleren Alters mit einem schmalen Gesicht, dessen ernster Ausdruck eine Mischung aus Professionalität und der Routine von jemandem war, der solche Gespräche schon zu oft geführt hatte. Seine Uniform war makellos – die Knöpfe ordentlich geschlossen, das Abzeichen poliert – doch seine Augen erzählten eine andere Geschichte. Sie wirkten müde, schwer, als ob sie die Last ungezählter Besuche dieser Art trugen.

Thomas bemerkte das sofort. Da war keine Distanz, kein Anflug von Arroganz, aber auch keine echte Hoffnung. Es war ein Blick, der wusste, dass Worte in Momenten wie diesen selten genug waren und dass jede Antwort, die er geben könnte, niemals vollständig sein würde.

Der Beamte sah sich kurz um, als wolle er die Atmosphäre des Ortes aufnehmen und wandte sich dann an Thomas.

»Wann haben Sie Ihre Tochter das letzte Mal gesehen?«, fragte er, während er in ein Notizbuch schrieb.

»Gestern Abend«, antwortete Thomas. »Sie... sie hat einen Zettel hinterlassen. Sie will nicht gefunden werden.«

Anna stand jetzt neben ihm, die Hände ineinander verschränkt, als würde sie versuchen, sich an etwas festzuhalten, das nicht mehr da war. Ihre Augen waren gerötet, aber es schien, als habe sie alle Tränen aufgebraucht. Der Polizist warf ihr einen kurzen, prüfenden Blick zu und machte sich weiter Notizen.

»Hat sie zuvor irgendwelche Anzeichen dafür gegeben, dass sie verschwinden könnte? Irgendwelche Streitigkeiten in der Familie, ungewöhnliches Verhalten?«

Anna öffnete den Mund, wollte etwas sagen, aber die

Worte schienen ihr zu entgleiten. Thomas trat näher und schüttelte den Kopf. »Nein... nichts, was so drastisch war. Sie war... still, oft in sich gekehrt. Aber wir dachten, es sei normal für ihr Alter.«

»Still«, wiederholte der Polizist, als wäre das Wort eine Spur. »Wie alt ist Ihre Tochter?«

»Neun«, sagte Anna leise.

Der Polizist nickte, zog ein kleines Notizbuch aus seiner Brusttasche und schrieb die Worte ruhig und methodisch auf. Die Bewegung war routiniert, fast mechanisch, aber sein Blick wanderte noch einmal durch den Raum, als ob er darin mehr finden wollte als das, was gesagt worden war.

Es war eines dieser Gespräche, bei denen alle wussten, dass die Antworten niemals genug sein würden. Die Fragen schienen zwar klar, doch jede Antwort war nur ein Fragment, ein Stück von etwas Größerem, das sich nicht zusammensetzen ließ.

Anna öffnete wieder den Mund, wollte etwas hinzufügen, doch die Worte versandeten auf halbem Weg.

Thomas sah auf seine Hände, als ob sie plötzlich schwer geworden wären, unfähig, etwas zu tun, das einen Unterschied machen könnte.

Und so blieb alles, wie es war – unvollständig. Emmas Verschwinden war ein Rätsel ohne Rahmen, ein Bild, dem die entscheidenden Teile fehlten. Und selbst die Worte, die sie fanden, fühlten sich nicht wie Schritte nach vorne an, sondern wie ein leises Verharren in der Ungewissheit.

Anna entschied sich schließlich, noch einmal in Emmas Zimmer zu gehen. Es war keine bewusste Entscheidung, eher ein instinktiver Drang, etwas zu tun – irgendetwas. Der Gedanke, dort vielleicht eine Spur zu finden, war vage, aber genug, um ihre Schritte zu lenken.

Doch als sie den Flur betrat, hielt sie plötzliche inne. Etwas, eine kaum wahrnehmbare Unruhe in der Luft, ließ sie für einen Moment verharren. Sie stand im Flur, die leisen Stimmen von Thomas und dem Polizisten im Hintergrund, doch ihr Blick war auf Magda gerichtet. Sie hielt inne, während sie den schwachen Duft wahrnahm – einen Hauch von Parfüm, der sich mit dem neutralen Geruch von Reinigungsmitteln und Kaffee vermischte. Es war derselbe Duft, den sie selbst benutzte, zart und blumig, vertraut und doch fehl am Platz bei Magda.

Für einen Moment schloss sie die Augen. Eine Welle der Irritation, vielleicht sogar des Verdachts, regte sich in ihr. Sie beobachtete Magda, die vor der Kaffeemaschine stand, scheinbar vertieft in ihre Arbeit, ihre Bewegungen ruhig, fast zu ruhig.

Sie überlegte, ob sie sich täuschte, ob der Duft vielleicht zufällig war, aber ein Teil von ihr konnte den Gedanken nicht loslassen. Wie oft hatte sie in den letzten Monaten diesen subtilen Geruch bemerkt, wenn Magda im Raum war?

Und warum gerade jetzt, wo alles so chaotisch schien, fiel es ihr so deutlich auf?

Doch sie sagte nichts.

Magda hob kurz den Kopf, als würde sie Annas Blick spüren, doch sie vermied es, ihr direkt in die Augen zu sehen. Für einen Augenblick schien die Luft zwischen ihnen schwer, gefüllt mit unausgesprochenen Fragen. Anna spürte das Kribbeln auf ihrer Haut, eine Art Vorahnung, die sie nicht benennen konnte.

Aber an diesem Tag war sie zu erschöpft, zu gefangen in der Sorge um Emma, um das Gefühl weiter zu verfolgen. Sie ließ es los, wie man einen losen Faden ignoriert, der sich aus dem Gewebe eines alten Pullovers zieht – wissend, dass man ihn später wieder aufnehmen müsste.

Verwirrt vergaß sie, wo sie hinwollte, wandte sich ab und ging ins Wohnzimmer zurück, wo Thomas und der Polizist auf sie warteten. Doch der Duft blieb, wie ein leises Flüstern, das sie nicht ganz verdrängen konnte.

»Hat sie ein Handy, das wir orten könnten?«, fragte der Polizist weiter.

»Nein«, sagte Thomas. »Sie hat ihr Handy oft zu Hause gelassen. Sie mochte es nicht. Hat lieber gelesen oder geschrieben.«

Der Polizist hob eine Augenbraue. »Hat sie einen Laptop? Einen Computer? Wir könnten ihre Online-Aktivitäten überprüfen.«

Thomas schüttelte den Kopf. »Nicht wirklich. Nur ein Tablet, das sie für die Schule benutzt hat. Aber es gibt nichts, was darauf hinweisen würde, dass sie…, dass sie so etwas geplant hat.«

Der Polizist schrieb weiter, sein Stift kratzte leise über das Papier.

Es gab keinen klaren Hinweis, nichts Greifbares, das ihnen die Richtung wies. Keine Spuren, die man deuten konnte, keine offensichtlichen Antworten, die in

Reichweite lagen. Emma war lautlos in die Nacht verschwunden, so unauffällig, wie es ihre Anwesenheit immer gewesen war. Ein Geist, der nicht nur den Raum, sondern auch jeden Anhaltspunkt hinter sich gelassen hatte.

Der Polizist hob kurz den Blick, seine Augen suchend, vielleicht in der Hoffnung, dass jemand noch etwas hinzufügen würde – ein Detail, ein Gedanke, irgendetwas. Doch da war nichts. Nur das Kratzen des Stifts, das den Raum zu füllen versuchte, der von Antworten längst leer war.

»Wir werden das Übliche tun«, sagte der Polizist schließlich. »Wir werden nach ihr suchen, mit ihren Freunden sprechen, in der Umgebung patrouillieren. Wenn Sie irgendetwas finden oder an jemanden denken, mit dem sie Kontakt hatte, rufen Sie uns sofort an.«

Thomas nickte, aber in seinem Inneren spürte er ein hohles Gefühl. Was würde das wirklich ändern? Emma war nicht das Mädchen, das einfach irgendwohin lief. Sie war immer da gewesen, aber nie wirklich greifbar. Und jetzt, wo sie fort war, schien es, als hätte sie sich nur in das Unsichtbare zurückgezogen, das sie immer umgeben hatte.

»Ich danke Ihnen«, sagte er schließlich, seine Stimme brüchig.

Der Polizist sah ihn an, als wüsste er, dass Worte hier nicht viel nützen würden. »Wir werden unser Bestes tun«, sagte er, bevor er sich umdrehte und langsam zur Tür ging. »Und ich hoffe, dass sie sicher zurückkommt.«

Nachdem die Tür sich hinter ihm schloss, blieb eine

bedrückende Stille zurück. Die Welt draußen schien sich unaufhaltsam weiterzudrehen, während drinnen alles zum Stillstand gekommen war.

Anna stand immer noch da, als hätte sie sich in einem Moment eingefroren und Thomas fühlte eine unerträgliche Leere in sich aufsteigen.

»Was machen wir jetzt?«, fragte Anna, ihre Stimme kaum mehr als ein Flüstern.

Er wusste es nicht. Alles, was sie tun konnten, war zu warten. Warten auf eine Nachricht, auf ein Zeichen.

Aber tief in seinem Inneren wusste er, dass es nicht einfach war, jemanden zu finden, der nicht gefunden werden wollte.

Thomas und Anna blieben wie festgewachsen im Raum, die leere Stille zwischen ihnen spiegelte ihre Verzweiflung wider.

Magda kam kurz herein, hielt jedoch inne, als sie die erstarrten Gesichter ihrer Arbeitgeber sah. Ohne ein Wort zu sagen, verschwand sie wieder, wohlwissend, dass in diesem Moment keine Hilfe möglich war, die aus einer weiteren Anwesenheit bestand.

Die Zeit dehnte sich, jeder Atemzug fühlte sich schwerer an als der vorherige, die Minuten zogen sich hin wie ein nicht enden wollender Faden.

»Vielleicht sollten wir ihre Sachen durchsuchen«, sagte Anna schließlich und brach die Stille. »Es muss doch etwas geben, einen Hinweis, eine Notiz... irgendetwas, das wir übersehen haben.«

Thomas nickte langsam. »Wir haben doch nichts Persönliches durchsucht... Ich dachte, das käme einer Verletzung ihrer Privatsphäre gleich.«

»Aber jetzt? Jetzt ist sie weg, Thomas!«

Annas Stimme brach beinahe und ihre Augen glitzerten unruhig, eine Mischung aus Angst und Vorwurf. »Es ist unsinnig, wenn wir das nicht wenigstens versuchen. Was, wenn sie…, wenn sie uns etwas hinterlassen hat, das wir einfach nicht bemerkt haben?«

Thomas erhob sich langsam, seine Schritte schwer, als würde ihn etwas nach unten ziehen. Gemeinsam gingen sie den Flur entlang, jeder Schritt von einem leisen Hallen begleitet. An der Tür zu Emmas Zimmer hielt Anna inne, fast wie in Ehrfurcht vor dem Raum, der nun nicht mehr nur Emmas Zuflucht, sondern ein Rätsel zu sein schien.

Anna schob die Tür auf und trat ein, als ob sie die Schwelle zu einer anderen Welt überschreiten würde.

Das Zimmer war unverändert, still und ordentlich, wie ein eingefrorener Moment, der auf sie wartete. Anna blieb einen Moment in der Tür stehen, bevor sie eintrat. Ihr Blick glitt über die vertrauten Dinge – das Bett, die Bücher, den Schreibtisch. Alles an seinem Platz, und doch fühlte sich nichts richtig an.

Sie begann, langsam, fast vorsichtig, nach etwas zu suchen. Ein Hinweis, ein Zeichen, das sie vielleicht übersehen hatte. Ein Zettel, ein Gegenstand, etwas, das darauf hindeuten könnte, wohin Emma gegangen war oder was sie gedacht hatte. Doch je länger Anna suchte, desto deutlicher wurde das Fehlen von allem, was sie hoffte zu finden.

Die Stille im Raum schien mit jedem Moment schwerer zu werden, und Anna spürte, wie die Verzweiflung in ihr wuchs. Aber sie blieb. Nicht, weil sie sicher war, etwas zu entdecken, sondern weil der Gedanke, nichts zu tun, noch unerträglicher war.

Sie ging langsam zum Schreibtisch und öffnete die Schubladen, eine nach der anderen. Papiere, Notizhefte, kleine Skizzen, die Emma selbst gemalt hatte. Doch nichts schien Hinweise auf ihre Absicht zu geben, zu verschwinden.

Thomas beobachtete sie, ihre leisen Bewegungen, wie sie nach etwas Greifbarem suchte, das ihnen erklären könnte, warum ihre Tochter fort war.

Als Anna eine kleine Box öffnete, die in der hinteren Ecke der untersten Schublade lag, hielt sie plötzlich inne. Darin lag ein zerknittertes, sorgfältig gefaltetes Papier, als hätte Emma es ursprünglich verstecken wollen, aber sich im letzten Moment dagegen entschieden. Mit zitternden Fingern entfaltete Anna das Papier. Darauf stand eine handgeschriebene Notiz in Emmas kleiner, geraden Schrift:

»Ich wollte, dass ihr mich seht. Doch ich musste unsichtbar sein, damit ihr es erkennt.«

Anna las die Worte mehrmals, ihre Augen weiteten sich, als ob die Bedeutung erst nach und nach in sie eindringen würde.

Die Notiz schien eine Botschaft zu sein, vage und doch präzise, als hätte Emma einen letzten Versuch unternommen, ihnen zu zeigen, wie sehr sie sich von ihnen entfernt fühlte.

»Was bedeutet das?«, flüsterte Thomas, der die Notiz

ebenfalls las und in diesen wenigen Worten eine Verzweiflung erkannte, die sie beide übersehen hatten.

»Es bedeutet, dass wir sie nicht gesehen haben«, antwortete Anna, die Stimme nun leise und gebrochen.

Anna hielt den Zettel noch immer in den Händen, wie das letzte Verbindungsstück zu Emma, ein schwaches Band, das über die Distanz ihres Verschwindens hinausreichte. Thomas nahm ihn ihr ab, seine Finger strichen sanft über das Papier, als ob er darin etwas Tieferes finden könnte, eine Spur, die sie in ihrer Abwesenheit hinterlassen hatte.

»Wir haben versagt«, murmelte er, mehr zu sich selbst. Es lag keine Schuld in seiner Stimme, nur eine nüchterne Feststellung. Anna wollte ihm widersprechen, ihm sagen, dass es nicht nur an ihnen gelegen hatte, dass Emma vielleicht von vornherein ungreifbar war, wie ein Schatten, der sich von ihnen löste. Doch die Worte blieben ihr im Hals stecken.

»Was ist das Letzte, woran du dich erinnern kannst?«, fragte sie schließlich, die Stimme kaum mehr als ein Flüstern. »Wann haben wir sie wirklich das letzte Mal…gesehen?«

Thomas dachte nach, die Erinnerungen erschienen ihm plötzlich wie verschwommene Bilder. Ein Lächeln am Frühstückstisch vor ein paar Wochen, ein leises Nicken, als er ihr Gute Nacht sagte – all das fühlte sich jetzt wie Szenen aus einem Traum an, der beim Erwachen verblasst.

»Ich weiß es nicht mehr«, sagte er schließlich. »Vielleicht war sie immer schon ein Stück entfernt, und wir…

wir haben nie gemerkt, wie weit sie schon gegangen war.«

Anna stand auf, trat ans Fenster und blickte hinaus in den herbstlichen Garten. Die Bäume warfen ihre Blätter ab, der Himmel grau und bleiern. Der Gedanke, dass Emma dort draußen irgendwo allein war, schnürte ihr die Kehle zu.

7

Die Dunkelheit hatte sich über die Stadt gesenkt. Die Straßen lagen still und verlassen, als hätten sie sich dem Rhythmus des Suchens angepasst, lautlos und ohne Eile. Nur hin und wieder zog ein Auto vorbei, seine Scheinwerfer warfen kurze Lichtkegel, die die Schatten entlang der Gebäude zerschnitten und gleich wieder verschwinden ließen.

Thomas und Anna waren schon seit Stunden unterwegs. Sie hatten sich wortlos aufgeteilt, nicht aus Strategie, sondern aus einem ungesagten Bedürfnis heraus, getrennt zu suchen – jeder mit seiner eigenen Vorstellung davon, wo Emma sein könnte.

Thomas steuerte das Auto von Straße zu Straße, sein Blick durch das Fenster in die Dunkelheit gerichtet, bereit für die vage Möglichkeit, er könne sie irgendwo erkennen, eine Gestalt, eine Bewegung, irgendetwas. Anna hingegen war zu Fuß unterwegs, ihre Schritte leise auf dem Gehweg, die Augen suchend, aber ohne Ziel. Beide folgten einem Drang, der weder logisch noch hoffnungsvoll war – einfach der Notwendigkeit, in Bewegung zu bleiben, weil das Stehenbleiben unmöglich schien.

Die Stadt wirkte gleichgültig. Keine Spur von Emma, keine Antworten, nur die Stille, die in jeder Ecke lauerte und mit jeder Minute schwerer wurde.

Thomas hielt am Rand des kleinen Parks an, den Emma immer mochte und stieg aus.

Die großen alten Bäume, das verwinkelte Labyrinth der verschlungenen Pfade – es war ein Ort, an dem sie oft zusammen spazieren gegangen waren, manchmal in den frühen Morgenstunden, wenn nur die Vögel ihre Schritte begleiteten. Jetzt aber wirkten die Bäume wie schwere, stumme Wächter, die ihn ungerührt beobachteten.

»Emma?«, rief er, seine Stimme hallte in die Leere. Ein Zittern ging durch seinen Körper, eine Kälte, die nicht vom Herbstabend kam, sondern von einer Furcht, die sich langsam in ihm breit machte.

Er lief weiter den Pfad entlang, spähte in jeden Winkel, hinter jede Bank, als könne seine Tochter sich hier irgendwo versteckt haben. Die Erinnerungen an ihre Spaziergänge blitzten in ihm auf, das Lachen, das sie gemeinsam geteilt hatten, doch sie wirkten jetzt wie Trugbilder, etwas, das ihm umso schmerzlicher das Fehlen von Emma bewusst machte. Er blieb stehen, schloss die Augen, holte tief Luft, als könnte er sie spüren, ihre Anwesenheit herbeirufen – aber da war nur das Geräusch des Windes, der durch die Äste streifte.

Anna lief ziellos durch die leeren Straßen, ihre Schritte hallten auf dem Pflaster, doch sie nahm sie kaum wahr. Ihr Herz fühlte sich schwer an, von der Last ihrer Gedanken zu Boden gedrückt. Diese Gedanken, ein endloser Fluss aus Fragen und Erinnerungen, schwappten unkontrolliert in alle Richtungen. Wann hatten sie Emma zuletzt wirklich erreicht? Wann war sie ihnen entglitten? Und war es überhaupt ein Moment, oder nur ein langsames, unmerkliches Gleiten?

Die Nacht lag erdrückend über der Stadt, ein dichter Schleier, der jede Bewegung, jedes Geräusch dämpfte. Die wenigen Straßenlaternen warfen ihr schwaches Licht wie zögernde Versuche, die Dunkelheit zu durchdringen. Doch die Schatten blieben hartnäckig, und die Kälte der Nacht kroch an Anna hoch, ohne dass sie es richtig bemerkte.

Sie wusste nicht, wohin sie ging. Jeder Schritt schien zufällig, und doch trieb sie etwas voran – ein unbestimmter Drang, irgendwo zu sein. Irgendwo dort draußen, wo Emma sein könnte. Vielleicht auf einer Parkbank. Vielleicht in einer der stillen Straßen, die sich vor ihr ausbreiteten. Vielleicht nirgendwo, wo sie sie finden würde. Doch das Bleiben war keine Option, also lief sie weiter, die Dunkelheit um sie herum und die Hoffnung, so unstetig wie das flackernde Licht über ihr.

Ihre Füße trugen sie schließlich zum alten Spielplatz am Stadtrand. Es war kein bewusster Entschluss, sondern eine Art Instinkt, der sie hierher geführt hatte. Dies war ein Ort, den Emma früher geliebt hatte – als sie kleiner war, als die Welt noch einfach war und der Alltag von Lachen und Sandburgen bestimmt wurde. Doch irgendwann war der Spielplatz in den Hintergrund getreten, still verdrängt von der Welt der Erwachsenen, die immer lauter wurde und zu viel Raum einnahm.

Sie blieb stehen, ihre Hände in den Manteltaschen vergraben, und betrachtete den leeren Platz vor sich. Der Sandkasten war verwittert, ein paar Grashalme sprossen zwischen den Holzrahmen hervor. Die Schaukel bewegte sich leicht im Wind, das vertraute Quietschen ein Echo von längst vergangenen Nachmittagen. Die Rutsche, einst glänzend und neu, stand jetzt wie ein Denkmal aus einer anderen Zeit – stumpf, beinahe vergessen.

Ein Hauch von Melancholie lag über dem Spielplatz, schwer und doch kaum greifbar, als ob der Ort selbst die Abwesenheit der Kinder spüren konnte. Für einen Moment sah Anna Emma vor sich, jünger, lachend, unbeschwert – ein flüchtiges Bild, das genauso schnell verschwand, wie es gekommen war. Sie schloss die Augen, atmete tief ein und blieb stehen, unfähig, weiterzugehen, als ob sie hier etwas finden könnte. Vielleicht eine Spur. Vielleicht einen Teil von Emma, den sie nicht verloren hatte. Oder vielleicht nur einen Augenblick von Ruhe in einer Nacht, die nichts außer Fragen brachte.

»Emma?«, rief sie in die Dunkelheit, und ihre Stimme wurde sofort von der Stille verschluckt. Sie ging zur Schaukel, legte eine Hand auf die kalten Ketten, spürte den Rost unter ihren Fingern. Sie erinnerte sich daran, wie Emma einst hier gelacht hatte, wie sie sich hin und her geschwungen hatte, den Kopf in den Nacken gelegt, die Arme weit ausgebreitet, als wolle sie den Himmel umarmen. Die Erinnerung traf Anna mit einer unerwarteten Wucht und sie spürte, wie sich ihr Hals zuschnürte. Sie setzte sich auf die Schaukel und ließ ihren Blick über den verwaisten Spielplatz gleiten. Ein Gefühl von Hilflosigkeit kroch in ihr hoch. Sie konnte sich nicht daran erinnern, wann sie das letzte Mal wirklich mit Emma hier gewesen war, ohne die Eile im Hinterkopf, ohne den Drang, bald wieder aufzubrechen. Die Bedeutung dieses Ortes, die Leichtigkeit, die sie hier einmal verspürt hatten – all das war irgendwo auf dem Weg verloren gegangen.

Sie schloss die Augen, atmete tief durch, ließ sich von der kalten Nachtluft durchströmen. Sie versuchte, einen klaren Gedanken zu fassen, sich ein Bild davon zu machen, wo Emma sein könnte, was sie denken würde, was sie brauchte. Doch die Bilder in ihrem Kopf waren verschwommen. Eine unsichtbare Grenze hatte sich zwischen ihnen aufgebaut.

Plötzlich hörte sie Schritte, und für einen Moment pochte ihr Herz schneller. Sie drehte sich um, suchte den Schatten ab, doch niemand war da. Die Schritte verstummten, und nur der leise Wind blieb, der durch die Bäume streifte. Sie zog die Jacke enger um sich und fühlte die Kälte in ihrem Inneren stärker denn je. Ein leises Geräusch lenkte sie ab. Am Rand des Spielplatzes, fast verdeckt von Gestrüpp, lag ein kleiner, zerknitterter Zettel. Sie hob ihn vorsichtig auf, faltete ihn auseinander. Es war nur eine alte Einkaufsliste, auf der jemand mit einer krakeligen Schrift einige Worte notiert hatte: »Äpfel, Brot, Schokolade, Mamas Kekse.«

Für einen Moment hielt Anna den Zettel einfach in der Hand. Mit dem Zettel in der Hand stand Anna schließlich auf.

»Emma«, rief sie erneut, ihre Stimme ein Hauch in der kalten Nachtluft. Sie schloss die Augen, das kleine Stück Papier fest in der Hand, und versprach sich, dass sie nicht aufgeben würde – nicht, bis sie sie gefunden hatte.

Thomas ging weiter, die Schritte gleichmäßig, aber ohne Ziel. Immer wieder zog er sein Handy aus der Tasche, sein Blick auf die Nachrichten von Anna. Ihre Worte waren knapp, fast fragmentarisch, aber sie brauchten keine Ausführlichkeit, um die Verzweiflung zu transportieren, die er nur zu gut kannte. Ihre Unsicherheit spiegelte seine eigene wider, und das Gefühl, nicht genug zu tun, wuchs mit jedem Moment.

Er dachte an Emma. An die Dinge, die er ihr nie gesagt hatte. Die Momente, die er hätte nutzen können, aber nicht tat – weil er glaubte, es gäbe immer noch Zeit. Es fiel ihm jetzt schwer, sich daran zu erinnern, wann genau die Gelegenheiten zu verschwinden begonnen hatten. Wann er aufgehört hatte, sie zu suchen. Warum hatte er so lange gewartet, bis es vielleicht zu spät war?

Er schüttelte den Kopf, fast trotzig, versuchte, die Gedanken abzuschütteln. Seine Zähne waren fest aufeinandergepresst, die Anspannung in seinem Kiefer spiegelte den Kampf in seinem Inneren wider. Er versuchte, sich zur Vernunft zu bringen, sich einzureden, dass dies nicht der Moment für Schuldgefühle war. Aber die Vorwürfe ließen sich nicht beiseiteschieben, nicht in dieser Nacht.

Am Ende des Weges blieb Thomas stehen und zog zitternd sein Handy hervor. Er wählte Annas Nummer und wartete. Es vergingen einige Sekunden, bis sie abhob, und ihre Stimme klang erschöpft, leer, doch da war noch ein winziger Hauch Hoffnung.

»Ich habe sie nicht gefunden«, sagte er leise. »Und du?«

Anna zögerte.

»Auch nicht. Ich… ich weiß nicht mehr, wo ich noch suchen soll.«

Eine Pause, schwer und endlos.

»Vielleicht hat sie… einen Ort, den nur sie kennt«, flüsterte Anna. »Vielleicht… wollten wir einfach nie sehen, dass sie uns schon lange entglitten ist.«

Thomas schloss die Augen, atmete tief durch. Der Park war still und menschenleer, doch es fühlte sich an, als sei der Raum um ihn herum enger geworden. Da war eine unsichtbare Mauer zwischen ihm und Anna, zwischen ihm und Emma – eine Mauer, die er selbst errichtet hatte, ohne es zu bemerken.

»Komm nach Hause«, sagte er schließlich leise. »Vielleicht… ist sie ja schon dort und wartet auf uns.«

Anna kehrte schließlich nach Hause zurück. Die Straßen waren menschenleer, und als sie die Haustür aufschloss, umfing sie sofort die schwere, bedrückende Stille des Hauses. Es war eine Stille, die ihr wie ein Fremdkörper vorkam, als wäre das Zuhause nicht mehr derselbe Ort, der es einmal war.

Thomas saß im Wohnzimmer, sein Blick auf einen unsichtbaren Punkt im Raum gerichtet. Er hob den Kopf, als Anna eintrat, und ein kurzes Aufleuchten von Hoffnung in seinen Augen schwand sofort, da er sie allein hereinkommen sah. Sie tauschten keine Worte aus, als sie sich setzte. Die Erschöpfung hing wie eine zweite Haut an ihnen, schwer und zäh.

»Ich war beim alten Spielplatz«, murmelte sie schließlich, ihre Stimme brüchig. Sie wusste, dass es eigentlich nichts zu erzählen gab, aber die Worte drängten sich aus ihrem Mund, als wolle sie ihm etwas anbieten, was er verstehen könnte.

Er nickte nur, sein Gesicht blieb ausdruckslos, und für einen Moment schien er etwas sagen zu wollen. Doch die Worte kamen nicht, stattdessen strich er sich müde über das Gesicht.

»Ich weiß nicht mehr, wo ich suchen soll«, flüsterte sie schließlich. »Es ist, als ob sie…« Sie brach ab, suchte nach dem richtigen Wort, doch es wollte sich ihr nicht zeigen. Verschwunden, dachte sie, aber das klang zu einfach. Zu endgültig.

»Vielleicht… vielleicht wollte sie das wirklich«, sagte er leise, und Anna sah ihn verwirrt an. »Weg von hier, ich meine. Nicht nur für ein paar Stunden, sondern… wirklich weg.«

Die Stille, die auf seine Worte folgte, war so tief, dass Anna dachte, sie könnte das leise Ticken der Uhr im Flur hören. Sie hatte diesen Gedanken selbst gefürchtet, doch ihn laut auszusprechen schien ihn noch realer, noch unabänderlicher zu machen.

»Nein«, widersprach sie leise, und die Überzeugung in ihrer Stimme überraschte sie selbst. »Das glaube ich nicht. Sie ist noch da draußen, irgendwo. Sie wollte nur…, dass wir sie bemerken.« Ihre Stimme wurde brüchig, doch sie zwang sich, weiterzusprechen. »Vielleicht wollten wir das nicht sehen.«

Er schwieg, und sein abgewandter Blick vergrößerte die Trennung zwischen ihnen. Sie saßen nebeneinander, in demselben Raum, und doch lagen Welten zwischen ihnen. Anna fragte sich, wann sie beide sich so weit voneinander entfernt hatten, dass sie nicht einmal mehr gemeinsam um ihre Tochter kämpfen konnten.

Nach einer Weile stand sie auf und ging zur Treppe. Die Schritte fühlten sich schwer an, doch sie zwang sich, sie zu gehen. Auf dem Weg zu Emmas Zimmer, hielt sie am Türrahmen inne.

Sie ließ sich auf die Bettkante sinken, griff nach einem der kleinen Stofftiere, das auf der Decke lag. Sie drehte es in den Händen, betrachtete das abgenutzte Fell und erinnerte sich daran, wie Emma als kleines Kind es nie losgelassen hatte. Irgendwann war es aus dem Spielzeugkasten in die Dekoration übergegangen, ein weiteres Stück Kindheit, das still in die Ecke gerückt worden war.

»Emma«, flüsterte sie und spürte die Tränen, die sich in ihren Augen sammelten. Die Worte kamen ihr mühsam über die Lippen, als wollte sie ihre Tochter mit dem bloßen Klang ihrer Stimme zurückrufen. Doch die Stille blieb.

Anna legte sich schließlich auf das Bett, schloss die Augen und atmete den vertrauten, blassen Duft ein, der noch in den Kissen hing. Es war wie ein leiser Trost, und gleichzeitig ein schmerzhaftes Erinnern daran, wie nah und doch unerreichbar ihre Tochter gerade war.

Unter ihr spürte sie den festen Widerstand der Matratze, das verlässliche, stille Gewicht des Hauses, das sie umgab. Doch die Nacht war lang, und die Antworten, die sie suchte, lagen irgendwo außerhalb ihrer Reichweite, in einer Dunkelheit, die sie allein nicht durchdringen konnte.

In den frühen Morgenstunden, als der Himmel draußen zu einem unruhigen Grau verblasste, öffnete sie die Augen. Der unruhige Schlaf auf Emmas Bett hatte ihre Gedanken nur tiefer in die Unsicherheit und Angst getaucht.

Sie stand langsam auf und ging nach unten in die Küche, wo die erste Dämmerung durch die Fenster fiel. Der Raum wirkte leerer und kühler als sonst, und das Schweigen des Hauses ließ ihre Unruhe noch unerträglicher auf ihr lasten.

Als sie sich eine Tasse Tee einschenkte, hörte sie Schritte hinter sich. Thomas war aufgestanden, seine Bewegungen müde und schwer. Sie sah ihn kaum an, während sie das heiße Wasser in die Tasse goss, doch sie spürte seine Nähe und die unausgesprochenen Worte zwischen ihnen. Wieder stand da diese unsichtbare Mauer zwischen ihnen.

»Ich… ich werde wieder rausgehen«, sagte sie leise, ohne den Blick zu heben. »Vielleicht… vielleicht hat sie sich an einem Ort versteckt, an den wir nicht gedacht haben.«

Thomas sah sie an, und für einen Moment meinte sie, in seinem Blick so etwas wie Resignation zu erkennen. »Wir haben schon überall gesucht, Anna.«

»Nein.« Sie schüttelte den Kopf, entschlossen, die Hoffnung nicht aufzugeben. »Es muss noch Orte geben, die uns nicht eingefallen sind.« Die Worte schienen eher an sie selbst als an Thomas gerichtet zu sein, doch in ihnen lag eine Verzweiflung, die sie nicht verbergen konnte.

Er nickte schließlich, doch anstatt ihr zu folgen, griff er nach den Autoschlüsseln und wandte sich zur Tür.

»Ich fahre in die Stadt. Vielleicht… vielleicht gibt es jemanden, der sie gesehen hat.«, sagte er. Sein Blick glitt an Anna vorbei, und bevor sie ihn zurückhalten konnte, war er schon gegangen.

Sie blieb für einen Moment stehen, ehe sie sich entschloss, Emmas altem Schulweg zu folgen. Langsam lief sie durch die Straßen, jeden vertrauten Weg entlang, den ihre Tochter früher so oft gegangen war. Die frische Morgenluft fühlte sich kühl auf ihrer Haut an und trug eine seltsame Klarheit mit sich. Mit jedem Schritt fragte sie sich, wie weit Emma wohl gekommen sein könnte, und ob sie sich irgendwo in dieser endlosen Stadt in Sicherheit fühlte.

In der Zwischenzeit fuhr Thomas ziellos durch die Stadt, seine Augen suchten jeden Bürgersteig, jede Bushaltestelle, jeden Park ab, als könnte Emma hinter einer dieser Ecken auf ihn warten. In einem kleinen Café hielt er schließlich an und fragte die Bedienung, ob sie ein Mädchen gesehen habe, das Emmas Beschreibung passte. Doch jedes Mal erhielt er die gleiche Antwort:

»Nein, tut mir leid.«

Anna und Thomas verbrachten den Morgen auf getrennten Wegen, getrieben von der verzweifelten Hoffnung, eine Spur von Emma zu finden. Sie merkten kaum, wie die Stunden vergingen, bis sich die Sonne am Mittag hoch oben am Himmel zeigte. Sie hatten an verschiedenen Orten gesucht, und doch schien sich die Leere nur zu vergrößern.

Als die beiden nach Hause zurückkamen, fanden sie Magda in der Küche. Sie stand mit dem Rücken zu ihnen, ihre Schultern leicht nach vorne gebeugt, vertieft in eine Handlung, die genauso gut eine Flucht wie eine Routine sein konnte. Ihre Hände hielten eine Teetasse, die sie mit einem Tuch abtrocknete – langsam, mit einem weichen, gleichmäßigen Rhythmus, als sei das Wiederholen der Bewegung alles, was sie in diesem Moment zusammenhielt.

Die Szene wirkte seltsam fehl am Platz. Die Tasse war längst trocken, das war offensichtlich, aber Magda machte weiter, ihre Bewegungen fast mechanisch, wie ein leiser Protest gegen die Hilflosigkeit, die das Haus durchdrang.

Sie schien in dieser kleinen, simplen Handlung einen Anker gefunden zu haben, eine Art Beschwichtigungsgeste – nicht nur für sich selbst, sondern vielleicht auch für die Stille, die sich um sie gelegt hatte. Sie bemerkte die Anwesenheit von Anna und Thomas scheinbar nicht, und für einen Augenblick sagte niemand etwas.

Die beiden standen im Türrahmen, erschöpft, und sahen zu, wie Magda ihre unbewusste Routine fortsetzte, als hinge mehr davon ab, als sie je hätte erklären können.

Neben ihr auf der Arbeitsplatte stand eine halb volle

Tasse Kaffee, doch der Dampf war längst verflogen, und der Duft des kalten Kaffees füllte die Luft wie eine Erinnerung, die sich im Raum festgesetzt hatte. Magda drehte sie sich abrupt um und setzte ein schwaches Lächeln auf, das in ihren Augen jedoch nicht ganz ankam. Ihr Blick glitt kurz zu Anna, dann zu Thomas und schließlich senkte sie die Augen, als wolle sie sich schnell wieder in ihre Rolle als Hausangestellte fügen.

»Ich... habe ein wenig aufgeräumt«, sagte sie leise, ihre Stimme kaum mehr als ein Flüstern, »falls Emma... zurückkommt, damit es warm und sauber aussieht.«

Anna nickte, doch sie spürte eine leichte Anspannung, die von Magda ausging. Es war, als würde Magda mehr wissen oder fühlen, als sie preisgab. Anna wollte gerade etwas sagen, eine Frage stellen vielleicht, doch sie hielt inne und tauschte einen Blick mit Thomas.

Magda, die die Blicke bemerkte, drehte sich wieder der Spüle zu, den Kopf leicht gesenkt. Ein stiller, schwerer Moment legte sich über die drei, jeder gefangen in seinen eigenen Gedanken und Befürchtungen.

Thomas saß am Esstisch und starrte in seine Hände, während der Nachhall ihrer erfolglosen Suche über beiden lastete.

Langsam setzte sich Anna ihm gegenüber, das Gewicht ihrer Suche in den müden Schultern. Sie sprachen nicht, doch in ihrem Schweigen lag eine seltsame Art von Trost, ein Erkennen der gemeinsamen Verzweiflung. Und während die Sonne draußen weiterzog und den Tag verblassen ließ, fragte sich Anna, ob Emma das vielleicht schon immer gespürt hatte — die Distanz zwischen ihnen, die wie eine unsichtbare Wand ihr Leben überschattet hatte.

Als das Telefon klingelte, zuckten alle drei gleichzeitig zusammen. Der Klang durchschnitt die Stille wie ein scharfes Messer, eine plötzliche, unwillkommene Unterbrechung in dem erstarrten Raum. Für einen Moment schien niemand sich zu bewegen, als ob das Klingeln etwas Unerwartetes und Gefährliches ankündigen könnte.

Anna blickte zuerst zu Thomas, der neben ihr stand und dessen Hand sich kurz verkrampfte. Er wartete darauf, dass sie das Gespräch annahm. Schließlich griff Anna zum Hörer, ihre Finger leicht zitternd und hob ihn langsam ans Ohr.

»Ja, hier ist Anna Ritter«, sagte sie und ihre Stimme klang ungewöhnlich dünn.

Auf der anderen Seite herrschte einen Moment lang nur ein leises Rascheln, bevor jemand zu sprechen begann. Es war eine Frauenstimme, leise und vorsichtig, und doch in gewisser Weise vertraut.

»*Frau Ritter? Hier ist die Polizei*«, sagte die Stimme sachlich. »*Wir haben eine Meldung über ein junges Mädchen erhalten, das in einem Park in der Nähe gesehen wurde. Die Beschreibung passt zu Ihrer Tochter.*«

Anna fühlte, wie ihr Herzschlag an Tempo gewann.

»Wo genau?«, fragte sie, ihre Stimme überschlug sich fast und sie fühlte Thomas. Hand auf ihrer Schulter, die sie stützte und gleichzeitig hielt.

»*Im Stadtpark, in der Nähe des Spielplatzes. Unsere Beamten sind bereits unterwegs. Es wäre vielleicht besser, wenn Sie ebenfalls kommen könnten.*«

»Wir… wir kommen sofort«, sagte Anna schnell, legte den Hörer auf und drehte sich zu Thomas. Ihre Augen spiegelten die plötzliche Hoffnung wider und doch schwang darin auch etwas anderes mit – ein Zögern, eine leise Angst davor, was sie erwarten könnte.

»Der Stadtpark. Sie glauben, dass sie dort ist«, sagte Anna atemlos und griff nach ihrer Jacke. Thomas nickte nur, zog seinen Mantel über und öffnete ihr die Tür. Er hielt einen Moment inne, warf einen Blick zurück zur Küche, wo Magda immer noch stand, wie versteinert, als würde sie nicht dazugehören, ein stummer Beobachter in diesem plötzlichen Drama.

»Wir rufen dich, wenn wir etwas wissen«, sagte Thomas zu Magda, bevor er Anna hinaus folgte.

Der Weg zum Park schien endlos, jede Ampel zog sich in die Länge, jeder Stopp schien sie noch weiter von der Möglichkeit zu entfernen, Emma wiederzusehen. Doch die Hoffnung, dass sie ihre Tochter finden könnten, trieb sie vorwärts.

8

Als Anna und Thomas den Park am frühen Nachmittag betraten, war die Welt von einem gedämpften Licht durchzogen. Die Sonne schien, aber ohne Überzeugung, und ihr fahler Schein legte sich wie ein dünner Schleier über die Bäume und das feuchte Gras. Der Regen, der zuvor gefallen war, hatte deutliche Spuren hinterlassen: Der Boden war weich unter ihren Füßen, ein Geruch von Erde und altem Wasser hing in der Luft.

Auf dem Kiesweg hatten sich kleine Pfützen gesammelt, jede ein flüchtiger Spiegel der Sonne. Anna trat vorsichtig darum herum, während Thomas mit einem Fuß eine winzige Welle in einer von ihnen verursachte, fast unbewusst. Die Geräusche des Parks – ein leises Rascheln der Blätter, das Tropfen von Wasser, das noch aus den Ästen fiel – fühlten sich beinahe zu friedlich an, als würden sie versuchen, das Gewicht ihrer Gedanken zu verdrängen. Doch das ging nicht. Der Park war ruhig, aber die Ruhe war nur eine Hülle, unter der die Dinge nicht einfacher wurden.

Sie gingen schweigend nebeneinander, ihre Blicke scannten das Gelände, während sie den Spielplatz am anderen Ende des Parks anvisierten. An einem gewöhnlichen Tag wäre der Ort voller Leben gewesen – Kinderlachen, fröhliche Rufe, die durch die Luft schwebten –, doch jetzt lag der Spielplatz leer und verlassen da, die Schaukeln bewegten sich nur leicht im Wind.

Eine Polizistin trat auf sie zu und nickte ihnen freundlich, aber ernst zu.

»Herr und Frau Ritter?«, fragte sie.

Anna erwiderte den Blick, ihre Augen waren wach und aufmerksam, obwohl Erschöpfung ihre Züge zeichnete.

»Ein Passant hat heute Morgen ein junges Mädchen hier auf der Bank beim Spielplatz sitzen sehen«, begann die Polizistin, ihre Stimme sachlich und zugleich einfühlsam.

»Doch als wir eintrafen, war sie verschwunden. Vielleicht ist sie aber noch in der Nähe.«

Die Hoffnung, die sich in Anna regte, war wie ein schwacher Lichtstrahl, flüchtig und kostbar.

»Dürfen wir… können wir selbst nach ihr suchen?«, fragte sie mit gedämpfter Stimme, als könnte ein lautes Wort die Hoffnung zerbrechen.

Die Polizistin nickte zustimmend und führte sie über den Pfad Richtung Spielplatz. Thomas lief dicht neben Anna, seine Augen scannten unruhig die Bäume und Büsche entlang des Weges. Jede Bewegung eines Vogels, jedes Rascheln des Windes in den Blättern, alles schien eine Möglichkeit zu bergen – einen Hauch von Emma.

»Emma?«, rief Anna leise, ihre Stimme getragen von der Frische des Herbstes, nur ein schwaches Echo, das in der Weite des Parks verschwand. Keine Antwort, nur das gelegentliche Zwitschern eines Vogels, der auf einem der Äste saß.

Dann fiel Annas Blick auf ein kleines, leicht feuchtes Buch, das am Rand des Weges lag. Es war Emmas Lieblingsbuch, das sie immer bei sich hatte – die Ecken waren schon abgenutzt und das Cover trug die Spuren vieler Spaziergänge.

Sie hob es langsam auf und hielt es fest, als wäre es nicht nur ein Buch, sondern ein Teil von Emma selbst. Sie drehte sich zu Thomas, ihre Augen voller unausgesprochener Fragen und Sorgen.

»Das ist…« Ihre Stimme versagte, und sie hielt das Buch noch fester.

Thomas legte eine Hand auf ihre Schulter und gemeinsam standen sie für einen Moment still, während der Wind an ihnen vorbeistrich, als könnte er eine Antwort mit sich tragen. Die Polizistin beobachtete sie aus der Entfernung und nickte leicht.

»Das ist ein gutes Zeichen«, sagte sie ermutigend. »Wir werden sie finden.«

Thomas und Anna gingen nebeneinanderher, während der Himmel sich langsam verfärbte, ein seltsames, trübes Licht, das weder Tag noch Abend war. Der Nachmittag schien in eine Ungewissheit zu gleiten, eine stille Unruhe lag in der Luft, als könnten die Straßen und Häuser um sie herum spüren, dass etwas nicht stimmte.

Thomas' Blick blieb stur nach vorn gerichtet. Jeder Schritt von ihm war entschlossen, fast mechanisch, während er seine Hände in den Manteltaschen vergraben hielt. Anna hingegen blieb immer wieder stehen, ihre Augen suchten unablässig die Umgebung ab. Vorbei an den kahlen Bäumen und den leeren Parkbänken, in denen Schatten von Blättern und alte Erinnerungen an sonnigere Tage schimmerten, ging ihr Blick in jede Seitenstraße, in der blassen Hoffnung, Emma könnte dort plötzlich auftauchen, leise und unsicher, vielleicht mit einem Lächeln, als wäre die ganze Suche ein Missverständnis gewesen.

Ein Auto fuhr langsam an ihnen vorbei, der Fahrer warf ihnen einen neugierigen Blick zu. Anna bemerkte es nicht, doch Thomas sah das Flackern des Interesses in den Augen des Fremden. Ihm war es unangenehm; die Aufmerksamkeit der Welt schien plötzlich bedrückend, als könnte jeder Außenstehende in ihrem Blick die Verzweiflung und das Versagen erkennen, das sie selbst kaum auszusprechen wagten.

Eine Windböe wirbelte ein paar vertrocknete Blätter über die Straße und Anna hielt inne, lauschte auf eine verschlüsselte Botschaft des Windes. Doch da war nur das Rauschen, und Thomas, der einen Schritt zurücktrat und sie kurz musterte, die Lippen schon leicht zum Sprechen geöffnet. Aber die Worte blieben aus, und stattdessen gingen sie weiter.

Als sie in ihre Straße einbogen, sah das Haus so ruhig aus wie immer, wie ein Zuschauer, unbeteiligt an all dem. Die leeren Fenster schauten zurück, gefühllos und doch voller Erwartung. Thomas drückte den Türknauf herunter und als die Tür sich öffnete, umfing sie das Schweigen des Hauses, ein Schweigen, das so bleiern war, dass Anna beinahe zurückschreckte.

Die drückende Lautlosigkeit im Haus wurde nur von den leisen Geräuschen unterbrochen, die aus der Küche drangen. Dort war Magda, die das Abendessen vorbereitete, ihre Bewegungen methodisch, fast rhythmisch, während sie Gemüse schnitt und Teller auf die Arbeitsfläche stellte. Der Duft von gedünstetem Knoblauch und frischen Kräutern lag in der Luft, durchdrang den Raum und verdrängte die kalte, bedrückende Stille, die Thomas und Anna wie ein dichter Nebel umgeben hatte.

Anna blieb im Flur stehen und beobachtete Magda durch den Türspalt, die gerade eine Handvoll Petersilie hackte. Es war ein seltsam vertrautes Bild – so, als wäre Magda schon immer Teil dieses Hauses gewesen und doch zugleich eine Fremde, die nicht wirklich dazugehörte. Die Wärme und der Duft, die aus der Küche drangen, fühlten sich wie ein Hohn an, ein Kontrast zu der Leere, die Annas Herz schwer machte.

Thomas ging an Anna vorbei und trat in die Küche. Magda schaute auf, ihre Augen für einen kurzen Moment fragend, bevor sie sich wieder auf das Schneidebrett konzentrierte.

»Ich habe das Abendessen vorbereitet«, sagte sie ruhig, ihre Stimme sanft, aber mit einem Unterton, den Anna nicht ganz deuten konnte.

Es war, als wäre das Kochen für Magda eine Art Zuflucht, eine Möglichkeit, sich von den unausgesprochenen Spannungen zu distanzieren, die seit Emmas Verschwinden durch das Haus zogen.

»Danke, Magda«, sagte Thomas leise und legte seine

Hand kurz auf die Rückenlehne eines Stuhls, bevor er sich abwandte. Der Ausdruck in seinem Gesicht war schwer zu lesen – eine Mischung aus Dankbarkeit und etwas Unausgesprochenem, das Anna irritierte.

Sie trat einen Schritt näher, ihre Augen verengten sich leicht, als sie einen Hauch von ihrem eigenen Parfüm in der Luft wahrnahm. Es war dezent, kaum wahrnehmbar, und doch hinterließ es einen bitteren Nachgeschmack in ihr, als wäre Magda gerade noch in ihrem Zimmer gewesen.

Anna straffte sich und versuchte, ihre Stimme ruhig zu halten.

»Magda, ist das... mein Parfüm?«

Magda erstarrte für einen kurzen Moment, dann fuhr sie sich beiläufig mit den Fingern durch das Haar.

»Oh... Ja, das stimmt. Ich wollte nicht fragen, ich dachte, das würde nicht stören. Ich habe ein wenig benutzt, als ich... aufgeräumt habe.«

Ein kurzer Seitenblick von Thomas, der sich so unbeteiligt wie möglich zu verhalten schien, machte die Situation nicht besser. Anna fühlte, wie ihr etwas in der Brust zusammenzog.

»Wie lange schon?«, fragte sie, ihre Stimme etwas leiser, aber deutlich.

Magda lächelte leicht und hob die Schultern, als sei dies eine Kleinigkeit.

»Nur ab und zu, wenn ich... na ja, in Eile bin. Es ist ein angenehmer Duft. Ich habe nie gedacht, dass...«

»Dass ich das merken würde?« Anna schloss die Finger fester um ihre Tasse, ein leichter Anflug von Wut zeigte sich auf ihrem Gesicht.

»Es ist… doch sehr persönlich, findest du nicht?«

Magda blieb reglos, ihre Miene unbewegt, aber eine winzige Unsicherheit schien in ihren Augen aufzuleuchten. Thomas warf Anna einen warnenden Blick zu.

»Anna, es ist doch nur Parfüm.«

»Ist es das, Thomas?« Anna hielt seinem Blick stand.

»Wenn ich das trage, gehört es mir. Es ist kein zufälliges Duftwasser, es ist… ein Teil von mir.« Sie sah Magda an, die sich den Anflug eines Lächelns nicht verkneifen konnte, was Anna wie ein Funke provozierte.

»Vielleicht bin ich da empfindlich, aber ich habe das Gefühl, dass hier Grenzen übersehen werden.«

Sie hob den Kopf, forderte Magda mit dem Blick heraus.

»Findest du nicht auch?«

Magda wich ihrem Blick aus und zog sich ein Stück zurück, ihre Hände ineinander verschränkt.

»Natürlich, Frau Ritter. Es tut mir leid, wenn ich etwas falsch verstanden habe.« Ihre Stimme klang fast zu ruhig, zu gleichgültig, als sei dies alles eine bloße Formalität.

Thomas schien die Spannung zu spüren, griff leicht nach Annas Arm, doch sie zog sich zurück, das Gefühl einer feinen Linie der Vertrautheit zwischen Thomas und Magda schien durch ihren Kopf zu kreisen.

»Ich würde gern einfach wissen, was hier genau passiert«, sagte Anna schließlich und brach das Schweigen, das sich zwischen ihnen gesponnen hatte.

Das Parfüm war für Magda nicht nur ein Duft; es war ein Symbol für das Leben, das sie im Haus von Anna und Thomas nur als Außenstehende beobachten durfte. Ein Leben voller Struktur, voller Absicherung und Zugehörigkeit – etwas, das Magda fehlte. Der blumige, warme Duft schien für sie die Eleganz und Stärke zu verkörpern, die sie bewunderte und zugleich verspottete er ihre eigene Unsichtbarkeit im Haus.

Vielleicht war es ein Weg, Annas Platz für einen kurzen Moment zu spüren, sich selbst einen Teil dieser Familie zu erträumen, wenn auch nur in der Stille ihres Zimmers, wenn niemand hinsah. Aber der Duft blieb nicht in ihrem Zimmer. Er haftete an ihrer Haut, mischte sich mit ihrem eigenen Wesen und brachte Anna unmerklich aus dem Gleichgewicht, wenn sie an ihr vorbeiging. Der Geruch war eine stille Provokation, ein unsichtbares Band, das sich allmählich enger zog, je länger Magda im Haus lebte und ihre geheimen Verbindungen zu Emma knüpfte.

Magda selbst konnte ihre Beweggründe nicht vollständig erklären. War es Bewunderung? Neid? Oder einfach die leise Rebellion einer Frau, die sich die Illusion einer anderen Identität schaffen wollte? Letztlich war das Parfüm eine Brücke, ein Spiel, das die Grenze zwischen Magda und der Familie, zwischen Vertrautheit und Fremdheit, langsam verwischte.

9

Die Morgendämmerung hüllte das Zimmer in einen Schleier der geheimnisvoll wirkte, während das fahle Licht auf das alte, verschmierte Fenster fiel. Die alte Frau saß auf einem niedrigen Stuhl, während Emma vor ihr stand, noch etwas verloren und in sich gekehrt. Die Frau sah Emma an, ihre Augen voll jener Weisheit, die nur die Jahre mit sich bringen. Für einen Moment herrschte Schweigen zwischen ihnen, das leise und schwer im Raum schwebte.

»Einsamkeit«, begann die alte Frau schließlich und schaute Emma mit einem ruhigen, fast durchdringenden Blick an, »ist ein Gefühl, das kommt und geht. Manchmal denken wir, sie würde ewig bleiben, aber das tut sie nicht.«

Emma schwieg, ihre Hände in die Taschen ihrer Jacke vergraben, die Augen auf den Boden gerichtet. Sie hatte noch nie darüber nachgedacht, dass die Einsamkeit nur ein Gast sein könnte.

»Es fühlt sich an, als ob sie immer da ist«, flüsterte sie, »und als ob niemand sie wirklich sieht.«

Die Frau nickte langsam, und ein sanftes Lächeln erschien auf ihren Lippen.

»Manchmal sehen Menschen sie nicht, weil sie selbst eine Mauer um sich haben. Aber weißt du«, sagte sie leise, »wenn du zu ihnen zurückgehst, wenn du ihnen dein wahres Gesicht zeigst, die Einsamkeit, die du in dir trägst, dann kann es sein, dass sie das spüren – dass sie deine Stille hören.«

Emma hob den Kopf und sah sie an, ihre Augen fragend und unsicher.

»Aber was, wenn sie mich wieder nicht hören?«

Die alte Frau nahm Emmas Hand in ihre und drückte sie sanft. »Du musst es ihnen trotzdem zeigen, Emma. Manchmal dauert es eine Weile, bis Menschen verstehen. Aber wenn du ihnen deine Stille zeigst und nicht wegläufst... dann wird die Einsamkeit sich irgendwann lösen.«

Emma senkte den Blick und schwieg, die Worte der alten Frau sanken leise in ihr Herz wie kleine, bunte Steine, die auf dem Grund eines ruhigen Sees zur Ruhe kommen.

»Und wenn ich bei ihnen bin«, flüsterte Emma schließlich, »was soll ich tun?«

Die Frau legte eine Hand an ihre Wange und lächelte, als ob sie die Antwort bereits in Emmas Augen sehen könnte. »Du musst ihnen nicht erklären, was du fühlst. Sei einfach da, und wenn du bereit bist, sprich mit ihnen – zeig dich ihnen so, wie du wirklich bist.«

Emma nickte langsam, und in ihren Augen schimmerte ein stilles Einverständnis. Die alte Frau erhob sich und legte einen Arm um Emmas Schultern, als ob sie ihr die Kraft gab, den nächsten Schritt zu gehen.

»Ich werde dich begleiten«, sagte die Frau.

Die beiden standen noch einen Moment in der Dämmerung des Morgens und Emma fühlte sich bereit, das Haus zu verlassen, um die Stille zwischen sich und ihren Eltern zu durchbrechen.

Die alte Frau führte Emma an der Hand, als sie gemeinsam durch die morgendliche Stille auf das Haus zugingen. Das erste Licht des Tages legte sich sanft auf die Straßen, und die Luft war frisch, beinahe feierlich, als ob sie den Moment der Heimkehr selbst spürte. Emma blickte kurz zu ihr auf, die Augen voller Fragen und doch einer Ruhe, die sie vor wenigen Tagen noch nicht gekannt hatte. Die alte Frau lächelte sie an, ein leises, beruhigendes Lächeln, das keine Worte brauchte.

Emma und die alte Frau erreichten das Haus. Beide standen sie an der Eingangstür, als Anna und Thomas, noch im Morgenmantel, die Treppe herunterkamen. Ihre Gesichter waren blass, die Augen voller Müdigkeit und Sorgen, die sich über Nächte angesammelt hatten. Doch als sie Emma sahen, hielt sogar das Haus selbst den Atem an und die Zeit stand für einen Moment still.

Anna war die Erste, die reagierte. Sie blieb stehen, starrte auf ihre Tochter, ungläubig, ob dies wirklich geschah. Ihre Augen weiteten sich und sie legte eine Hand auf ihren Mund, als ob sie das Bild ihrer Tochter erst begreifen müsste. Langsam ließ die alte Frau Emmas Hand los und nickte ihr leicht zu, ein Einverständnis, das mehr sagte, als Worte es hätten ausdrücken können. Emma ging auf ihre Eltern zu, zögernd, fast unsicher und hielt kurz inne.

»Emma...« Annas Stimme brach, und in einem einzigen, fast hastigen Schritt schloss sie die Distanz und zog ihre Tochter an sich. Die Umarmung war fest, beinahe verzweifelt, als wollte sie sicherstellen, dass Emma nicht noch einmal verschwinden würde.

Emma ließ es zu, steif zuerst, dann legte sie zaghaft die Arme um ihre Mutter. Die Wärme der Umarmung, das Zittern in Annas Händen, das leise Schluchzen, das sie nicht ganz unterdrücken konnte – all das war neu für Emma. Sie schloss die Augen, ließ sich in diese fremde, vertraute Nähe fallen und spürte, wie ein Knoten in ihrem Inneren sich langsam zu lösen begann.

Thomas trat ebenfalls näher, legte eine Hand auf Emmas Schulter, seine Berührung vorsichtig und schwer. Seine Augen wanderten von Emma zur alten Frau, die schweigend am Türrahmen stand und die Szene mit einem ruhigen, wissenden Blick verfolgte. In seinem Gesicht war ein Ausdruck, der zwischen Dankbarkeit und einem leisen Unbehagen schwankte. Doch er sagte nichts, sondern drückte nur leicht Emmas Schulter, eine Geste, die schwerer war als Worte.

Anna hob schließlich den Kopf und traf den Blick der alten Frau, ein flüchtiges Lächeln.

»Ich danke Ihnen«, murmelte Anna schließlich, ohne die alte Frau direkt anzusehen, noch immer fest an Emma gedrückt. Die alte Frau nickte nur und hob leicht die Hand, als wolle sie die Bedeutung dieser Worte relativieren. Sie sah Emma an, ein sanftes, ermutigendes Lächeln auf ihren Lippen, bevor sie sich langsam abwandte. Ihre Schritte führten sie gemächlich zurück auf die Straße, die sie gekommen waren, als ob sie genau wüsste, dass ihr Teil dieser Geschichte nun zu Ende war.

Emma schaute sie an, eine Frage in ihren Augen, doch die alte Frau nickte ihr noch einmal zu, ein stummes Versprechen, das nur die beiden verstanden.

Ihre Hand in der von Anna, schaute Emma ihr nach und während die Gestalt der alten Frau im Morgenlicht verblasste, blieb die Familie schweigend an der Tür stehen, die Welt um sie her für einen Moment in vollkommenem Frieden.

Als Magda hörte, dass Emma zurück war, ließ sie alles stehen und liegen. Die Tasse, die sie gerade abtrocknete, fiel fast aus ihren Händen. Ohne einen weiteren Gedanken eilte sie aus der Küche, ihre Schritte hastig und doch voller Vorsicht, als trüge sie die Hoffnung selbst in sich.

Im Flur blieb sie kurz stehen, die Hände an ihre Brust gedrückt, als müsste sie sich vergewissern, dass das, was sie sah, Wirklichkeit war. Und da stand Emma, mit ihren Eltern im Schein des kühlen Morgenlichts, das durch die Fenster fiel.

»Emma«, sagte Magda leise, ein Flüstern, das beinahe zerbrach, als die Worte über ihre Lippen kamen. Sie trat näher, ihr Gesicht voller Wärme und Erleichterung, die Augen ein wenig feucht.

»Ich freue mich, dich wiederzusehen.«

In ihrer Stimme lag etwas, das mehr sagte als die Worte selbst – ein stilles Versprechen, ein Funke von Nähe, der in dieser Begrüßung mitschwang. Magda lächelte, ein weiches, ehrliches Lächeln, und streckte die Arme aus, als ob sie Emma ein Zuhause bieten könnte, ein Ort, den man in der Stille und Zuneigung findet, die nicht viele Worte braucht.

Im Haus herrschte eine gedämpfte Stille, die alle umfing. Anna und Thomas standen eng bei Emma, beide unsicher, wie sie den Moment füllen sollten. Schließlich nahm Anna Emmas Hand und führte sie ins Wohnzimmer. Dort setzten sie sich auf das Sofa, Seite an Seite, ein ungewohntes, zaghaftes Zusammensein. Es gab keine Fragen, keine Vorwürfe – nur ein stummes Verweilen im warmen Morgenlicht, das sie miteinander verband.

In dieser stillen Wiedervereinigung lag ein Neuanfang, zart und fragil wie eine dünne Schicht Raureif am frühen Morgen. Emma saß zwischen ihren Eltern, eine Hand in der von Anna, eine in der von Thomas, und fühlte sich zum ersten Mal seit langem nicht unsichtbar, sondern wirklich da.

Thomas ließ Emmas Hand langsam los, unsicher, ob er wirklich gehen sollte. Doch schließlich löste er seinen Griff und trat leise zurück, sein Blick streifte kurz das Gesicht seiner Tochter, in dem etwas suchend und fragend aufleuchtete. Für einen Moment zögerte er im Türrahmen, als ob er sich noch umdrehen könnte und bleiben könnte. Aber dann wandte er sich ab, seine Schritte wurden fest und schnell, und ohne ein weiteres Wort verschwand er in Richtung seines Büros.

Das leise Schließen der Tür hallte im Haus nach, ein leises, endgültiges Echo, das die Stille im Wohnzimmer noch dichter machte.

Die Minuten vergingen und die Stille im Haus verdichtete sich. Anna saß mit Emma im Wohnzimmer. Sie suchte nach den richtigen Worten, die sich in ihrem Kopf verheddert hatten. So oft hatte sie Gespräche geführt – klare, zielgerichtete Worte für Klienten, Partner, Kollegen –, doch dieses Gespräch, das nun vor ihr lag, fühlte sich unendlich viel schwerer an.

»Emma«, begann Anna vorsichtig, ihre Stimme leise, beinahe zögernd, »ich... ich weiß, dass ich viele Dinge übersehen habe.« Sie brach kurz ab und sah ihre Tochter an, die sie mit großen, abwartenden Augen ansah. »Dass ich dich übersehen habe.«

Emma senkte den Blick, ihre Hände ruhten auf ihrem Schoß, sie zog sanft an einem losen Faden ihres Pullovers. Es war ein Moment, in dem sich das Gewicht all der unausgesprochenen Worte über die Jahre in einer einzigen Bewegung sammelte. Anna bemerkte das leise Zucken in Emmas Händen und spürte, wie ihr Herz schwer wurde.

»Ich wusste nicht... ich wusste nicht, dass du dich so allein fühlst«, fuhr Anna fort, ihre Stimme fast ein Flüstern. »Ich dachte immer, ich tue alles, was nötig ist, um dir eine gute Mutter zu sein.« Ihre Stimme stockte, die Worte blieben ihr im Hals stecken, und zum ersten Mal in Jahren spürte sie die Angst, dass ihre Anstrengungen und Ziele vielleicht eine unsichtbare Mauer zwischen ihnen errichtet hatten.

Emma hob langsam den Kopf und ihre Augen suchten den Blick ihrer Mutter, wie jemand, der auf einem dunklen Pfad eine Lichtquelle sucht.

»Es ist nicht so, dass ich euch hasse oder, dass ich euch nicht brauche«, sagte sie leise. »Aber manchmal fühlt es sich an, als… als wäre ich hier, aber ihr würdet mich nicht wirklich sehen.«

Anna nickte langsam und ihre Augen wurden feucht, doch sie ließ die Tränen nicht fallen. Stattdessen nahm sie Emmas Hand in ihre und drückte sie sanft.

»Ich verstehe«, murmelte sie, ihre Stimme schwer von einer Einsicht, die sie bisher vermieden hatte.

»Ich habe dich viel zu lange mit meinen eigenen Zielen überschattet. Aber das ist nicht, was ich will. Nicht mehr.«

Emma sah ihre Mutter an, und in ihrem Blick lag etwas, das zwischen Skepsis und Hoffnung schwebte.

»Manchmal… Manchmal frage ich mich, ob ich überhaupt Teil von eurem Leben bin«, gestand Emma, ein leises Zittern in ihrer Stimme. »Es fühlt sich an, als würde ich einfach nur… funktionieren, wie ein weiteres Teil in eurer Welt.«

Anna schluckte schwer und spürte, wie diese Worte wie kleine Nadeln in ihr Herz stachen, jeder Stich ein schmerzhaftes Echo ihrer Versäumnisse. Doch anstelle des üblichen, reflexhaften Verteidigens ließ sie die Worte in sich nachklingen.

»Es tut mir leid, Emma«, flüsterte sie, und ihre Stimme war ehrlich und roh. »Ich sehe jetzt, dass ich viel verloren habe, während ich alles gewinnen wollte.«

Ein leises Schweigen legte sich über den Raum, in dem sich die beiden Frauen gegenübersaßen, beide in der Erkenntnis. Dass Worte allein nicht alles heilen konnten.

Doch Anna spürte, dass in dieser verletzlichen Offenheit eine Möglichkeit lag, etwas Neues zu schaffen.

»Würdest du mir helfen… dich besser zu verstehen?«, fragte Anna leise, und in ihrer Stimme lag eine unsichere Hoffnung. »Ich will… ich will wirklich lernen, wer du bist, Emma.«

Emma nickte zögernd, und ein leichtes Lächeln schlich sich in ihre Augen, als ob ein kleiner Teil der Last, die sie mit sich getragen hatte, langsam von ihr abfiel. Sie drückte die Hand ihrer Mutter, und in dieser Geste, die mehr sagte als Worte, lag die Möglichkeit, dass sie einen Weg finden würden – nicht perfekt, nicht ohne Fehltritte, aber ehrlich.

Anna schloss für einen Moment die Augen und atmete tief durch. In ihr keimte eine kleine, zaghaftes Entschlossenheit, sich zu verändern – nicht nur für Emma, sondern auch für sich selbst. Sie spürte die Notwendigkeit, die Dinge anders zu sehen, sanfter vielleicht, mehr auf die unsichtbaren Fäden zu achten, die Menschen miteinander verbinden.

Als sie die Augen wieder öffnete und Emma ansah, war da ein stilles Einverständnis zwischen ihnen, eine Melodie, die man gerade erst beginnt, zu verstehen.

Während Anna und Emma im Wohnzimmer miteinander sprachen, blieb Magda unauffällig in der Küche. Sie hörte die gedämpften Stimmen aus dem Nebenzimmer, einzelne Wortfetzen drangen durch die halb geöffnete Tür zu ihr hinüber, doch sie war zu erfahren, um zuzuhören oder ihre Anwesenheit bemerkbar zu machen. Sie wusste, dass dies ein Moment war, der nicht für sie bestimmt war, ein Gespräch, in das sie nicht eingreifen durfte.

Stattdessen wusch sie das Geschirr ab, ihre Bewegungen langsam und bedacht, als hätte sie alle Zeit der Welt. Sie trocknete jeden Teller mit einer bedächtigen Sorgfalt ab, die ihre Gedanken in Bewegung hielt. Magda konnte sich dem Gefühl nicht entziehen, dass sie in gewisser Weise an diesem stillen Wandel der Familie teilnahm, selbst wenn sie nur eine Randfigur war.

Nachdem das Geschirr verstaut war, bereitete sie die Teetassen und die Kanne vor, obwohl niemand sie darum gebeten hatte. Sie stellte leise eine Kanne Kräutertee auf das Tablett und fügte ein Schälchen mit Schokoladenkeksen hinzu. Der Duft des frischen Tees erfüllte die Küche, und für einen Moment hielt Magda inne, sah auf das Tablett und spürte eine Welle von Empathie für Emma und ihre Mutter, deren Stimmen nun etwas gedämpfter und sanfter klangen.

Mit dem Tablett in den Händen blieb Magda einen Moment an der Tür zum Wohnzimmer stehen, sah die beiden im stillen Gespräch vertieft und stellte das Tablett vorsichtig auf das Sideboard, ohne ein Wort zu sagen. Sie wollte die Intimität des Augenblicks nicht stören, doch sie war da, im Hintergrund, bereit, wenn man sie brauchen sollte.

Sie schloss die Tür leise hinter sich, ging zurück in die Küche und nahm Platz am Tisch, eine Tasse Tee in den Händen, die Wärme an ihre Handflächen drückend. Magda wusste, dass ihre Rolle klein war, doch in

Momenten wie diesen spürte sie, dass selbst das kleinste Dasein eine Bedeutung haben konnte.

So saß sie in der Stille der Küche, die Tasse fest zwischen den Händen. Die Wärme des Tees breitete sich in ihren Handflächen aus und ließ ein Gefühl der Ruhe in ihr aufsteigen, das sie selten so bewusst wahrnahm.

Durch die Wände hörte sie gelegentlich die leisen Stimmen von Anna und Emma, das rhythmische Auf und Ab ihrer Unterhaltung und einen Hauch von Zärtlichkeit, der fast unbemerkt in ihre Worte eingeflossen war. Es war, als wäre ein erster Schritt getan, als ob etwas Zerbrochenes in diesem Haus langsam zu heilen begann.

Sie nahm einen Schluck Tee und dachte zurück an die Zeit, als sie selbst ein junges Mädchen gewesen war – eine Welt, in der Gespräche selten stattfanden und Verständnis sich oft nur in kurzen, wortlosen Gesten zeigte. Vielleicht war es dieser Mangel, der sie lehrte, die leisen Zeichen der Zuneigung und Fürsorge zu schätzen und selbst zu pflegen.

Ihre Rolle hier war einfach, manchmal sogar unsichtbar, doch in diesen kleinen Augenblicken schien das unsichtbare Band zwischen ihr und der Familie stärker zu werden, spürbarer, auch wenn niemand es laut aussprach. Sie konnte die leise Freude in ihrem Inneren nicht unterdrücken, dass Emma und Anna diesen Moment teilten, dass die Stille des Hauses durch das leise Murmeln ihrer Stimmen gefüllt wurde. Magda spürte, dass es nicht viel brauchte, um eine Familie zusammenzuhalten – nur Versprechen, die sich in Taten statt in

Worten zeigten.

Schließlich stand sie auf und öffnete ein Fenster, ließ die frische Luft hereinströmen, eine Geste, die den Raum und sie selbst mit neuer Klarheit erfüllte. Sie fühlte sich merkwürdig ruhig, fast glücklich, obwohl sie wusste, dass der Weg der beiden noch lange nicht zu Ende war.

Doch in Momenten wie diesem verstand Magda, dass selbst die kleinste Geste, der kleinste Dienst eine unsichtbare Kraft hatte, die alle um sie herum verband.

Sie sah auf den leeren Tisch, stellte die Tasse ab und seufzte leicht. Die Rolle, die sie spielte, mochte winzig sein, aber sie erkannte, dass es genau die kleinen, unscheinbaren Dinge waren, die am Ende den größten Unterschied machten.

10

Nachdem sie Emma ins Bett gebracht hatte, blieb Anna einen Moment an der Tür stehen. Sie lehnte leicht gegen den Rahmen, die Hand noch auf der Klinke, und ließ ihren Blick auf ihrer Tochter ruhen. Emma schlief tief und friedlich, der Ausdruck auf ihrem Gesicht gelöst, fast unbeschwert. Ihr Atem hob und senkte sich in einem sanften, gleichmäßigen Rhythmus, ein leises Geräusch, das den Raum ausfüllte, ohne ihn zu stören.

Sie konnte nicht anders, als darüber nachzudenken, wie zerbrechlich ihr Kind wirkte, so klein unter der Decke, die bis zum Kinn gezogen war – und doch, wie unendlich stark sie war. Diese Stärke war nicht greifbar, aber Anna wusste, dass sie da war, tief verwurzelt. Es war eine der vielen Widersprüche, die das Muttersein mit sich brachte, und sie spürte sie an diesem Abend besonders deutlich.

Sie zog die Tür langsam zu, so leise wie möglich, als könnte ein zu lautes Geräusch diesen Moment zerstören. Die Ruhe war kostbar, ein flüchtiger Zustand, den sie bewahren wollte. Dann ging sie hinunter ins Wohnzimmer, wo das gedämpfte Licht der Stehlampe die Schatten an den Wänden tanzen ließ. Es war still, aber keine bedrückende Stille – eher eine, die Platz für Gedanken ließ. Sie setzte sich auf das Sofa, einen Moment lang allein mit sich selbst, bevor der Abend weiterging.

Der Raum schien größer, beinahe leer zu sein, und Sie merkte, dass es genau dieser Mangel an Nähe und Wärme war, den sie in ihrem Leben selbst geschaffen hatte.

Ihre Hände ruhten auf ihrem Schoß, und sie starrte auf die Linien ihrer Handflächen, während eine Flut von Fragen in ihrem Kopf aufstieg. Seit wann war sie diesen Weg gegangen? Wann hatte sie begonnen, sich von Emma und auch von Thomas zu entfernen, sich hinter einer Fassade von Aufgaben und Terminen zu verstecken?

Die Ereignisse der letzten Tage schienen in dieser Ruhe förmlich nachzuhallen, als ob die Wände die unausgesprochenen Worte festgehalten hätten. Sie blickte ins Leere, aber in ihrem Inneren wirbelten die Gedanken durcheinander, eine leise, beständige Flut von Fragen, die keine klaren Antworten hatten.

Es war, als hätte Emmas Verschwinden etwas in ihr geweckt, dass sie lange verborgen gehalten hatte. Ein unaufdringliches Drängen, das ihre ganze sorgfältig geordnete Welt erschütterte. All die Jahre hatte sie sich ihrer Karriere gewidmet, sich selbst überzeugt, dass sie das für die Familie tat – dass ihr Erfolg, ihre Arbeit, all das, was sie aufgebaut hatte, ihnen Sicherheit bot und damit Liebe war. Doch nun, in der Einsamkeit dieses Raumes, in dem die leisen Klänge des Hauses zu ihr sprachen, begann sie diese Überzeugung zu hinterfragen.

Sie dachte an die Momente, die sie mit Emma geteilt hatte, seit sie zurückgekehrt war. Die zögerlichen Gespräche, das gemeinsame Schweigen, das mehr bedeutete als die meisten Worte, die sie je gesprochen hatten. Sie erinnerte sich daran, wie Emma sie angesehen hatte – dieser vorsichtige, hoffnungsvolle Blick, als ob sie etwas in ihrer Mutter zu finden hoffte, das Anna selbst noch nicht entdeckt hatte.

Sie ließ die Erinnerungen auf sich wirken und spürte, wie Scham in ihr aufstieg. All die Jahre, die sie mit Plänen und Projekten ausgefüllt hatte, die unzähligen Stunden im Büro, das Streben nach Anerkennung – wie oft hatte sie Emma in diesen Jahren wirklich gesehen? War ihr Heim nicht längst ein Ort geworden, an dem sie nur kurz verweilte, bevor sie wieder in die Welt der Entwürfe und Verträge zurückkehrte?

Eine unerwartete Traurigkeit überkam sie, eine tiefe Traurigkeit, die sich wie ein schwerer Schleier um sie legte. Sie hatte so viel Zeit darauf verwendet, Dinge zu schaffen, die in Fachzeitschriften gefeiert wurden, Häuser und Räume, die anderen Menschen ein Zuhause geben sollten. Doch ihr eigenes Zuhause, ihre Familie, war in all diesen Projekten zu einer Randnotiz geworden.

Sie nahm einen tiefen Atemzug und schloss die Augen. Eine Entscheidung reifte in ihr, leise und fest. Die Anerkennung der Außenwelt, das Streben nach beruflichem Erfolg, der ihr so lange wichtig gewesen waren, verblassten in diesem Moment. Es war, als ob sich etwas

Schweres in ihr löste, etwas, das sie lange Zeit getragen hatte, ohne zu wissen, wie es sie niederdrückte.

»Ich werde für Emma da sein«, flüsterte sie in die Stille zu sich selbst und die Worte schienen wie ein zaghaftes Versprechen in der Luft zu hängen. Sie wusste, dass sie nicht alles ändern konnte, dass sie nicht die verlorene Zeit zurückholen konnte. Aber sie konnte eine neue Priorität setzen, einen neuen Anfang wagen, nicht mit den großen Schritten, die sie gewohnt war, sondern mit den kleinen, vorsichtigen Schritten, die Emma brauchte.

Sie öffnete die Augen und sah die Schatten im Raum. Sie wirkten weniger bedrohlich, eher wie stumme Begleiter ihrer eigenen Gedanken. Sie wusste, dass der Weg vor ihr unsicher und voller Unvorhersehbarkeiten war. Doch sie fühlte, dass sie diesmal bereit war, ihn zu gehen – nicht nur als Architektin, sondern als Mutter. Ein Versprechen, das sie an diesem Abend, in dieser stillen Stunde, nur sich selbst gab, doch das stärker war als jede berufliche Verpflichtung. Morgen, dachte sie, würde sie es Thomas erzählen. Aber heute behielt sie diese Erkenntnis für sich allein.

Am nächsten Morgen, als alle noch schliefen, saß Thomas in seinem Büro, das Licht des Bildschirms spiegelte sich in seinen müden Augen. Er hatte versucht, sich auf die Zahlen, die Fälle und die Schriftsätze zu konzentrieren, doch die Worte verschwammen vor ihm, zogen sich zu einem endlosen, bedeutungslosen Fluss zusammen. Sein Kopf sank für einen Moment auf seine Hand, während das Gewicht der vergangenen Tage auf ihn drückte. Die Rückkehr von Emma hätte eine Erleichterung sein sollen, eine Art Wiedergutmachung, doch stattdessen schien sie ihm eine Frage zu stellen, auf die er keine Antwort wusste.

Anna hatte am Vorabend viel Zeit mit Emma verbracht, in Gesprächen und vorsichtigen, tastenden Versuchen, eine Nähe herzustellen, die Thomas zwar beobachte, aber selbst kaum nachempfinden konnte. Er hatte ihre leisen Stimmen durch die Wände gehört, das Lachen, das ab und an von unten heraufklang – ein seltsam intimer Klang, der ihm das Gefühl gab, ein Beobachter im eigenen Haus zu sein. Anna schien auf ihre Weise instinktiv zu wissen, was zu tun war, während er sich zurückzog, gefangen in der Struktur und Ordnung seines Arbeitslebens.

Thomas spürte die Kluft zwischen sich und Anna, eine Kluft, die sich wie eine unsichtbare Grenze zwischen ihren Welten gezogen hatte. Anna schien bereit, das Chaos der Emotionen zu umarmen, das die Familie durchzog, während er sich in die vertraute Welt seiner Arbeit flüchtete, in der die Dinge klar und kontrollierbar blieben. Er wusste, wie er eine Strategie erstellte, wie er Fakten präsentierte, wie er gewinnen konnte. Doch im eigenen Leben, in den unerwarteten Unwägbarkeiten des Vaterseins, war er verloren, ohne Plan und Ziel.

Er nahm einen tiefen Atemzug, schloss die Augen und versuchte, sich an den Anfang zurückzuerinnern – an die Tage, als Anna und er Pläne für die Zukunft geschmiedet hatten, als die Karriere nur eine Ergänzung des Lebens war und nicht sein Zentrum. Doch diese

Bilder schienen jetzt so weit weg zu sein, so unerreichbar. Der ehrgeizige, zielstrebige Mann, der er geworden war, hätte sich nicht vorstellen können, dass seine Familie eines Tages so fremd vor ihm stehen würde.

Anna hingegen hatte diese stille, geduldige Art, sich den Unwägbarkeiten des Lebens zu stellen. Sie nahm das Durcheinander an, fand Worte, wo er nur Schweigen entdeckte, suchte die Nähe, wo er sich zurückzog. Er bewunderte sie dafür, auch wenn er es sich selbst kaum eingestehen wollte. Doch es fiel ihm schwer, ihren Weg nachzuvollziehen. In ihm war immer noch der Drang, alles zu lösen, zu analysieren, mit einem klaren, scharfen Schnitt zu trennen, was zu trennen war. Aber wie sollte er das tun, wenn die Lösung keine klaren Konturen hatte, wenn sie nur in der Dunkelheit tastend gefunden werden konnte?

Ein Klopfen an der Tür riss ihn aus seinen Gedanken. Anna trat ein, ihre Augen noch müde, aber ruhig, als hätte sie etwas gefunden, das ihm noch verschlossen blieb. Sie setzte sich ihm gegenüber und sah ihn für einen Moment schweigend an, als ob sie wüsste, dass Worte nicht das Wichtigste waren.

»Thomas«, begann sie schließlich, ihre Stimme leise und fest, »wir müssen einen Weg finden. Für Emma. Für uns.«

Er sah sie an und nickte langsam, doch er fühlte sich wie ein Fremder in diesem Gespräch. Ein Teil von ihm wusste, dass sie Recht hatte, dass dies eine der Entscheidungen war, die kein Gerichtsurteil, kein Vertrag für ihn lösen konnte. Doch der Teil von ihm, der sich nach wie vor an Kontrolle und Rationalität klammerte, blieb stumm.

Sie hielt seinen Blick fest, ihre Augen ruhig und durchdringend, als würde sie all das in ihm lesen, was er selbst nicht auszusprechen wagte.

»Thomas«, fing sie erneut an, »ich verstehe, dass du das alles nicht gewohnt bist. Gefühle lassen sich nicht so einfach in eine Struktur pressen. Man kann nicht einfach einen Plan erstellen, wie man jemanden erreicht.«

Er sah zur Seite, die Kiefer angespannt, als wollte er sich vor dem Gewicht ihrer Worte schützen.

»Ich weiß, Anna«, murmelte er mit leiser Stimme.

»Aber es ist nicht so einfach für mich. Ich…« Er hielt inne, suchte nach den richtigen Worten, doch sie schienen ihm wie Sand durch die Finger zu rinnen. »Ich kann es nicht einfach abschalten, das Verlangen nach Ordnung und Klarheit.«

»Ordnung und Klarheit«, wiederholte sie, fast ein wenig traurig.

»Aber das ist es nicht, was Emma braucht, Thomas. Sie braucht… uns. Nicht nur als Eltern, die sie versorgen. Sondern als Menschen, die sie sehen. Die bereit sind, ein bisschen von sich selbst loszulassen, um sie zu verstehen.«

»Ich versorge sie doch, Anna«, entgegnete er, nun etwas schärfer. »Ich habe immer alles gegeben, was nötig war. Ein Zuhause, eine gute Schule, Sicherheit – all das, wofür ich immer hart gearbeitet habe.«

Anna lehnte sich zurück, atmete tief durch und sah ihn lange an.

»Ja, das hast du. Und dafür bin ich auch dankbar. Aber das ist nicht alles. Diese Sicherheit, die du schaffst, ... sie kann manchmal wie eine Mauer sein. Manchmal braucht Emma mehr als nur ein Fundament unter den Füßen. Sie braucht Menschen, die bereit sind, mit ihr diesen Weg zu gehen, auch wenn er ungewiss ist.«

Er fühlte, wie sich in ihm eine Mischung aus Frustration und Hilflosigkeit breit machte.

»Ich weiß einfach nicht, wie, Anna«, gestand er schließlich, seine Stimme nun weich und verletzlich, ein seltener Moment der Offenheit. »Ich weiß nicht, wie ich... es richtig machen soll.«

Sie lächelte leicht, ein trauriges Lächeln voller Verständnis.

»Vielleicht müssen wir beide akzeptieren, dass es hier kein Richtig und Falsch gibt. Nur das Versuchen«, sagte sie und legte ihre Hand auf seine. Für einen Moment schien es, als wäre die Distanz zwischen ihnen kleiner geworden, als könnten sie gemeinsam an etwas festhalten.

Er erwiderte ihren Blick und spürte, wie eine ferne Wärme in ihm aufstieg, ein Gefühl von Zugehörigkeit, das er so selten zuließ. Er nickte, fast widerwillig und drückte ihre Hand leicht.

Sie ging in die Küche und machte sich dort an die Arbeit, die Hände etwas unsicher, als sie Mehl, Eier und Zucker mischte. Sie erinnerte sich vage daran, wie sie als Kind mit ihrer eigenen Mutter zusammen gebacken hatte, die kleinen Momente von Vertrautheit und Wärme, die sie so lange als selbstverständlich angesehen hatte. Heute wollte sie dasselbe für Emma tun. Es war kein großer Plan, keine spektakuläre Aktion, sondern einfach ein Morgen, an dem sie gemeinsam Zeit verbringen könnten – ohne Erwartungen, ohne Ziele.

Als Emma in die Küche kam, noch leicht verschlafen und die Haare zerzaust, hielt Anna inne und schenkte ihr ein sanftes Lächeln.

»Guten Morgen, Emma«, sagte sie, ihre Stimme weich, beinahe vorsichtig. »Ich dachte, wir könnten zusammen Pfannkuchen machen. Was meinst du?«

Emma sah sie überrascht an, eine leichte Unsicherheit in ihren Augen. Ihre Mutter in der Küche zu sehen, und dann auch noch so früh am Morgen, war ein Bild, das ungewohnt, fast fremd wirkte. Doch hinter dieser Überraschung lag ein Funke von Neugier, etwas, das Anna in ihrem Blick auffing und festhalten wollte.

»Okay«, murmelte sie schließlich, und ein kleines, schüchternes Lächeln zog über ihr Gesicht. Sie ging langsam zur Arbeitsplatte und stellte sich neben ihre Mutter, die ihr einen Löffel reichte und die Schüssel leicht in ihre Richtung schob.

Gemeinsam begannen sie, den Teig zu rühren und das Geräusch des Schneebesens im Teig sowie das leise Knistern der Butter in der Pfanne füllten die Küche. Anna beobachtete Emma aus dem Augenwinkel, wie sie konzentriert rührte, die kleine Zunge leicht zwischen den Lippen, so wie sie es als Kind selbst gemacht hatte. In diesem Moment schien die Distanz zwischen ihnen kleiner zu werden, als ob sie sich in diesem einfachen Ritual des Backens näherkommen könnten, ohne viel zu sagen.

»Weißt du«, sagte Anna schließlich, ihre Stimme leise, »ich habe das als Kind oft mit meiner Mutter gemacht. Es hat mir immer gefallen, das Wochenende so zu beginnen.«

Emma sah kurz zu ihr auf, etwas in ihrem Blick weicher werdend.

»Ich wusste nicht, dass du das magst«, antwortete sie, fast flüsternd, und ein Hauch von Zuneigung blitzte in ihren Augen auf.

»Ich glaube, ich hatte vergessen, wie schön es ist«, erwiderte Anna und legte ihre Hand sanft auf Emmas Schulter, ohne zu viel zu erwarten, aber doch als eine kleine Geste, die etwas Neues einläuten sollte.

»Vielleicht können wir das öfter machen, wenn du Lust hast«, fügte sie hinzu.

Emma nickte, und das leichte Lächeln auf ihrem Gesicht vertiefte sich, während sie den Löffel in den Teig tunkte und vorsichtig einen Klecks in die heiße Pfanne gab. Der Duft der Pfannkuchen breitete sich in der Küche aus, eine Mischung aus Vanille und frischer Butter, die wie eine Erinnerung an etwas längst Vergessenes in der Luft hing.

Anna spürte, wie sich etwas in ihr löste, ein kleiner, aber bedeutender Knoten, der sich über Jahre hinweg gebildet hatte. Es war nicht die Art von Nähe, die sich mit einem Gespräch erzwingen ließ. Es war die leise, beinahe unscheinbare Art von Nähe, die in gemeinsamen Momenten, in kleinen Gesten und geteilten Blicken wuchs.

Sie setzten sich zusammen an den Tisch, die Teller mit dampfenden Pfannkuchen vor sich und für einen Moment fühlte Anna eine unerwartete Leichtigkeit. Sie wusste, dass dies nur der Anfang war, ein erster Schritt in eine unbekannte Richtung. Aber sie war bereit, sich auf diesen Weg einzulassen – für Emma, für sich selbst, und für das, was sie beide gemeinsam neu entdecken könnten.

Die beiden saßen gemütlich am Küchentisch, der Duft der frischen Pfannkuchen erfüllte den Raum. Sie lachten leise, als Magda hereinkam. Ihre Augen weiteten sich überrascht, als sie Anna so früh am Morgen in der Küche sah.

»Guten Morgen, Frau Ritter! Sie… Sie in Küche? So früh? Ich sehe selten«, sagte sie mit einem verlegenen Lächeln und sichtlich überrascht.

»Ja, ich dachte, es wäre schön, den Morgen mit Emma zu verbringen«, nickte sie lächelnd mit einem Hauch von Reserviertheit in ihrer Stimme.

Anna bemerkte einen Hauch ihres eigenen Parfüms in der Luft – dasselbe, das Magda wohl wieder trug. Der Duft ließ sie einen Moment zögern und ihre Miene wurde ein wenig kühler.

»Magda, das Parfüm… Ist das… wieder meines?«, Anna blickte Magda direkt an mit einem Hauch von Schärfe in ihrer Stimme.

»Ja, Frau Ritter, ich… ich nur ein bisschen nehmen. Mein Parfüm ist leer… Ich dachte… nur ein Spritzer. Es tut mir leid«, sagte sie sichtlich ertappt, ihre Augen weiteten sich ein wenig und sie senkte den Kopf.

»Ich verstehe, aber... Magda, mein Parfüm ist etwas Persönliches. Ich würde es schätzen, wenn Sie mich vorher fragen. Verstehen Sie?«, sagte sie, bemüht die Ruhe zu bewahren.

»Ja, ich verstehe. Ich... es nicht wieder machen. Entschuldigung, Frau Ritter. Wirklich, ich... wollte kein Problem«, reagiert sie mit leiser und beschämter Stimme.

Emma sah zwischen den beiden hin und her, etwas unsicher, und senkte den Blick, ohne einzugreifen.

»Schon gut, Magda. Ich möchte nur, dass wir unsere Sachen... trennen. Es ist wichtig für mich«, sagte Anna.

»Natürlich, Frau Ritter. Kein Problem. Ich... ich verstehen. Sehr, sehr leid«, entgegnete Magda nickend.

Eine kurze, unangenehme Stille entstand, doch Magda zeigte auf die Pfannkuchen, um die Stimmung aufzulockern.

»Pfannkuchen... riechen sehr gut. Sie und Emma gemacht, ja?«, fragte Magda, um von sich abzulenken.

»Ja, wir dachten, es wäre eine schöne Abwechslung heute Morgen«, antwortete Anna, ein schwaches Lächeln umspielte ihre Lippen, bemüht um freundliche Haltung.

Magda lächelte und trat zurück, bemüht, sich im Hintergrund zu halten. Anna nahm einen tiefen Atemzug, spürte die zurückkehrende Ruhe und konzentrierte sich wieder auf Emma, während Magda diskret den Raum verließ.

11

Magda stand allein in der Küche, ihre Bewegungen präzise und mechanisch, wie ein Programm, das ohne Variation abläuft. Ihre Hände bearbeiteten einen Teller, der bereits sauber war - ausreichend sauber, um bei einer objektiven Beurteilung als »sauber« durchzugehen. Trotzdem setzte sie den Schwamm wieder an. Wahrscheinlich war das nicht effizient, doch Effizienz schien in diesem Moment keine Priorität zu haben.

Die Stille im Raum war nahezu perfekt, wenn man das leise Ticken der Uhr ignorierte – was schwierig war, weil es genau die Art von gleichmäßigem, unvermeidlichem Geräusch war, das sich langsam in den Vordergrund schob, wenn man keine anderen Ablenkungen hatte. Sie bemerkte, dass ihr Geist dazu neigte, in diese stillen Momente einzutauchen – oder besser gesagt, zurückzuspringen. Ihre Gedanken führten sie in eine Vergangenheit, die sie lieber ignoriert hätte. Aber sie wusste aus Erfahrung, dass Verdrängung eine unzuverlässige Strategie war.

Sie hielt inne, den Teller noch in der Hand. Es schien eine Art Metapher zu sein, aber sie hatte weder die

Energie noch den Wunsch, herauszufinden, welche. Stattdessen legte sie den Teller zur Seite und griff nach der nächsten Tasse. Es war einfacher, die Bewegung fortzusetzen, als die Erinnerung zu bekämpfen.

Diese Küche, dieses Haus, die stillen Blicke, die sie hin und wieder von Anna erntete, und das gelegentliche Auftauchen von Thomas, mit seinem stets abwesenden Blick.

Sie hatte sich das alles anders vorgestellt, als sie damals in Warschau war, an diesem Abend, der ihr Leben in eine andere Richtung gelenkt hatte.

Es war vor einigen Monaten gewesen, in einer Bar in Warschau, an einem Abend, der ihr wie ein Wendepunkt im Leben erschienen war. Magda konnte sich noch genau an den Moment erinnern, als sie ihn zum ersten Mal gesehen hatte.

Sie hatte bereits einige Stunden ihrer Schicht hinter sich. Mit einem müden Lächeln balancierte sie das Tablett sicher durch den Raum – und dann trat er ein.

Thomas, mit seiner ruhigen, fast kühlen Art, mit einer selbstsicheren Haltung, und dem Anzug, der ihn von den übrigen Gästen unterschied. Ein Fremder inmitten all der Lichter und Geräusche. Das Lachen der Menschen hallte an den Wänden wider.

Seine Augen hatten sie getroffen, und sie hatte sich für einen Moment in seinem Blick verloren, wie in einem tiefen, dunklen See.

Er ließ sich in einer Ecke nieder, die im gedämpften Licht lag. Sie trat zu ihm, und er bestellte ein Glas Whiskey.

Als sie nach einer Weile erneut zu ihm trat und fragte, ob er noch etwas wolle, hatte er nicht nur nach einem weiteren Drink verlangt – er hatte sie eingeladen, sich zu ihm zu setzen. Sie hatte nicht geplant, sich mit ihm zu unterhalten, doch Thomas hatte etwas an sich, das ihre Wachsamkeit und ihre Vorsicht wie Schalen von ihr abstreifte. Die Nacht war zu einem leisen Wirbel aus Worten und Lachen geworden.

Seine Sprache hatte einen Hauch von Geheimnis getragen, seine Handbewegungen waren sanft und doch bestimmend gewesen, als ob er wüsste, dass sie ihm zuhören würde. Er hatte erzählt, dass er in Deutschland lebte, dass er Anwalt sei, dass er geschäftlich in Warschau war. Das Gespräch zwischen ihnen war leicht gewesen, fast vertraut, obwohl sie sich nicht kannten. Die Worte waren wie die Schritte eines Tanzes zwischen ihnen geflossen, ein Tanz, der in einer leidenschaftlichen, flüchtigen Nacht in einem Hotel endete, die sie nicht vergessen konnte.

In seiner Gegenwart fühlte sie sich sicher, als wäre er der Schlüssel zu etwas, das ihr bisher im Leben verborgen geblieben war.

Die nächsten Tage verliefen mit einer Mischung aus Leichtigkeit und Intensität, die Thomas das Gefühl gaben, wieder so etwas wie lebendig zu sein. Es war, als hätte jemand einen längst abgeschalteten Teil seines Gehirns wieder hochgefahren – oder zumindest einen Funken entfacht, der sich nicht ignorieren ließ.

Die Tage waren gefüllt mit Momenten, die normalerweise banal gewesen wären: Spaziergänge, Gespräche, ein gemeinsames Lachen über etwas völlig Unwichtiges. Aber irgendwie schien alles einen Hauch von Bedeutung zu haben, als wäre der Alltag in einen Filter getaucht, der die Farben kräftiger und die Geräusche klarer machte.

Die Nächte mit ihr waren intensiv und voller Leidenschaft. Da war eine Hingabe, eine Verbindung, die ihn aus einem Teil seiner selbst zurückholte, den er längst abgeschrieben hatte. Das hat er nicht erwartet. Nicht, weil er sich für unfähig hielt, sondern weil er geglaubt hatte, dass diese Version von ihm – der Mann, der sich in so etwas verlieren konnte – schon vor Jahren verschwunden war. Vermutlich irgendwo zwischen Verpflichtungen, Enttäuschungen und dem schleichenden Gefühl, dass das Leben eben so läuft.

Aber jetzt? Jetzt war da diese Leidenschaft, die so natürlich und mühelos erschien, dass er sich manchmal fragte, ob sie wirklich von ihm kam oder ob Magda sie einfach aus ihm herausgeholt hatte, ohne dass er es merkte. Es gab keine großen Gesten, keinen inszenierten Zauber. Es war eher ein Fluss – ein natürlicher Rhythmus, der sich wie von selbst einstellte. So, als hätten sie beide heimlich ein Drehbuch gelesen, ohne zu wissen, dass sie dieselbe Geschichte spielten.

Thomas merkte, dass er weniger dachte und mehr fühlte, was für ihn eine seltene und möglicherweise riskante Entwicklung war. Aber in diesen Momenten, mit Magda, fühlte es sich richtig an. Richtig und lebendig.

Am Morgen, bevor er abreiste, hatte er ihr versprochen, dass er sie nach Deutschland holen würde. Er würde ihr eine Stelle als Haushälterin verschaffen – und vielleicht würde es sich mit der Zeit entwickeln, dieses Versprechen, das unausgesprochen zwischen ihnen blieb. Seine Worte waren so selbstverständlich gewesen, dass sie sich in ihnen wie in einem wärmenden Mantel eingehüllt hatte.

Doch die Realität war anders gewesen. Hier in Deutschland lebte sie im Schatten, auf der anderen Seite des Lebens, das sie sich so sicher erhofft hatte. Sie war da, aber unsichtbar – und Thomas hielt sie auf Abstand. Der eine Moment, in dem sie sich als mehr als eine Angestellte gefühlt hatte, war ein fernes, fast irreal erscheinendes Erinnerungsstück geworden. Thomas sah sie an, doch er sah durch sie hindurch, als wäre sie nur eine weitere Gestalt im Hintergrund seines geregelten, kalten Alltags.

Doch Magda wollte mehr. Sie spürte es in jedem Blick, den sie Thomas zuwarf, in jedem Augenblick, in dem sie Annas Parfüm auftrug, ihre Kleidung im Schrank betrachtete, sich vorstellte, an ihrer Stelle zu sein. Die Rolle der Haushälterin war nicht genug für sie. Sie wollte Annas Platz einnehmen – die Frau an seiner Seite sein, die leise, aber starke Macht, die er an seiner Seite brauchte, auch wenn er es selbst noch nicht wusste.

Die Gedanken daran waren immer häufiger gekommen, wie ein dunkler Fluss, der tief in ihrem Inneren strömte. Sie hatte ihn noch nie darauf angesprochen, aber sie wusste, dass es Momente gab, in denen sie seine Unsicherheit spürte, seine Entfremdung von Anna, die er geschickt verbarg, aber die sich in der angespannten Atmosphäre des Hauses aufbaute. Es gab einen Riss in dieser Ehe, und sie spürte ihn, fast genüsslich, als wäre es nur eine Frage der Zeit, bis dieser Riss sie beide vollständig voneinander trennen würde.

Sie wusste, dass Geduld erforderlich war – Geduld und das Geschick, im richtigen Moment die richtigen Schritte zu tun. Sie würde die nötigen Zeichen setzen, Thomas daran erinnern, was sie einmal miteinander geteilt hatten, und ihm zeigen, dass sie die Frau war, die an seiner Seite stehen konnte. Dass sie ihm das geben konnte, was Anna ihm nicht mehr zu geben vermochte.

Die Uhr tickte leise weiter, und Magda spürte ein seltsames Kribbeln in ihren Fingerspitzen. Sie legte das Geschirrtuch ab, ihre Lippen zu einem entschlossenen Lächeln geformt. Der Plan, der bisher nur eine vage Vorstellung in ihren Gedanken gewesen war, begann sich wie ein greifbares Bild vor ihr zu formen. Sie würde Annas Platz einnehmen, und sie würde sich von nichts und niemandem davon abbringen lassen.

Am nächsten Morgen prasselte der Regen gegen die Fenster. Anna saß bereits seit den frühen Stunden an ihrem Schreibtisch, in Dokumente vertieft, während das Telefon beständig klingelte und die Nachrichten auf ihrem Laptop aufblinkten. Ein weiteres großes Projekt war hereingekommen, eines, das dringend ihre Aufmerksamkeit verlangte – oder zumindest redete sie sich das ein. Sie hatte sich fest vorgenommen, heute mehr Zeit mit Emma zu verbringen, wie sie es sich in den letzten Tagen immer wieder versprochen hatte. Doch jetzt, da die Verantwortung anklopfte und die Anforderungen an sie wuchsen, fiel es Anna schwer, sich aus diesem Strudel der Arbeit zu befreien.

Emma trat ins Arbeitszimmer und blieb im Türrahmen stehen, hoffnungsvoll, aber auch zögerlich. Sie wollte Anna von dem Buch erzählen, das sie gerade las – ein Buch, das Anna ihr kürzlich geschenkt hatte, in einem der seltenen Momente, die sie gemeinsam verbrachten. Es hatte ihr das Gefühl gegeben, dass ihre Mutter sie doch verstand, doch jetzt, da sie sie so vertieft in ihre Arbeit sah, schwand diese Zuversicht.

»Mama?«, fragte Emma leise.

Anna hob kurz den Blick, die Stirn in Falten gelegt, und schenkte ihr ein gezwungenes Lächeln.

»Ja, mein Schatz?«

Emma trat einen Schritt näher. »Wollen wir später zusammen... vielleicht... etwas lesen?«

Doch Annas Blick wanderte bereits zurück auf den Bildschirm, und sie nickte abwesend. »Später, ja. Ich muss nur noch ein paar Sachen erledigen, okay?«

Emma senkte den Blick, spürte, wie die Vertrautheit dieses Moments sie beinahe lähmte. Es war wie eine Wiederholung – der Blick ihrer Mutter, der, kaum dass er sie berührte, sofort wieder abschweifte, die versprochenen Worte, die doch nichts bedeuteten. Sie wollte etwas erwidern, doch ihre Stimme war leiser geworden, als ob sie sich selbst kaum noch zu Wort kommen lassen wollte.

Anna tippte weiter, versunken in ihre Arbeit, und Emma stand noch eine Weile schweigend in der Tür, bevor sie sich schließlich umdrehte und den Raum verließ.

Die Enttäuschung in ihrer Brust fühlte sich schmerzhaft vertraut an, eine Art von Wunde, die nie wirklich heilte.

Auf dem Weg in die Küche traf sie auf Magda, die sie aufmerksam ansah, als ob sie den Schmerz in Emmas Augen erkannt hätte. Magda, die sich in den letzten Wochen stets im Hintergrund gehalten hatte, nutzte den Moment und trat sanft an sie heran.

»Komm, Emma«, sagte sie mit ihrer leisen, gebrochenen Stimme, »vielleicht wir zusammen etwas Schönes machen, ja? Ich habe Schokokuchen gebacken. Nur für dich.«

Emma sah sie an, ihre Enttäuschung immer noch deutlich im Gesicht. »Mama hat gesagt, sie will später mit mir lesen. Aber sie ist immer so beschäftigt…«

Magda nickte verständnisvoll und legte eine Hand auf Emmas Schulter.

»Manchmal, die Arbeit frisst viel Zeit«, sagte sie.

»Aber du bist hier… und das ist wichtig, ja?«, ergänzte Magda.

Emma nickte langsam, etwas getröstet durch Magdas Worte. Sie folgte ihr in die Küche, wo der Duft von frisch gebackenem Kuchen in der Luft hing. Magda reichte ihr einen Teller und schnitt ein großes Stück Kuchen ab, das sie vorsichtig vor Emma platzierte. Die warme Geste gab Emma ein Gefühl von Geborgenheit, das sie bei ihrer Mutter heute vermisst hatte.

Während sie zusammen in der Küche saßen, spürte Magda, dass dies der Moment war, sich Emma weiter zu nähern. Sie wusste, dass Emma eine Verbindung suchte, die Anna ihr im Moment nicht geben konnte, und diese

Lücke wollte sie für sich nutzen.

»Emma«, begann Magda, während sie das Geschirr in den Schrank räumte, »weißt du, dass du immer hier willkommen bist? Immer. Egal was ist.«

Emma sah auf und nickte. Sie spürte, dass Magda auf eine Weise zuhörte, wie ihre Mutter es nicht konnte. Für einen Moment fühlte sie sich verstanden, vielleicht sogar etwas weniger einsam.

Magda lächelte sie an, und in ihren Augen lag ein Glanz, der für Emma schwer zu deuten war.

»Ich immer hier, wenn du reden willst, ja? Und wenn Mama Zeit hat, dann ist gut... aber du bist nicht allein.«

Emma nickte und lächelte vorsichtig zurück. Während sie den Kuchen aß, blieb die leise Hoffnung in ihrem Inneren, dass ihre Mutter eines Tages wirklich zuhören würde. Doch für den Moment schien Magda die Leere zu füllen, eine Stille zu durchbrechen, die Anna nicht bemerkte.

Der Duft des frischen Kuchens hing noch in der Luft, und Emma fühlte sich in Magdas Nähe sicher, irgendwie geborgen. Magda sah Emma an und lächelte, als würde sie sich auf eine Reise in die Vergangenheit begeben.

»Weißt du, Emma... früher... in Polen... als ich klein war, so wie du jetzt, da war ich viel bei meiner Großmutter. Sie lebte auf... ja, wie sagt man... einem Bauernhof«, fing Magda lächelnd an zu erzählen.

»Ein Bauernhof? Mit Tieren? Was habt ihr da gemacht? War das wie hier?«, fragte Emma neugierig.

»Nein, nein. Ganz anders. Großes Feld, viele Bäume. Da konnte ich barfuß laufen... im Regen tanzen, ohne

Schuhe, weißt du? Meine Oma sagte immer: Regen bringt Glück«, erwiderte sie lächelnd.

»Und was habt ihr dort gemacht? Hat sie dir viel erzählt?«, fragte Emma, ihre Neugierde geweckt.

»Ja, sehr viele Geschichten. Sie sagte... die Erde, die Felder, ja, alles... hat Geheimnisse. Wenn ich... allein im Wald oder mit Tieren... manchmal, ich spüre, alles spricht zu mir«, sagte Magda mit einem Leuchten in den Augen.

»Das klingt schön. Hattest du auch Tiere?«, fragte Emma verträumt.

»Ja, wir hatten Hühner, eine Katze, und einmal... eine kleine Ziege. Ich nannte sie Kasia. Kasia war... meine Freundin. Wenn ich traurig, sie kam, stupste mich mit kleine Nase«, sagte sie, ein warmes Lächeln umspielte ihre Lippen.

»Kasia ist ein schöner Name! Hast du sie oft gesehen?«, fragte Emma nach.

»Ich wollte oft. Aber... meine Eltern, sie mussten viel arbeiten, weißt du? Wir hatten nicht viel. Manchmal... ich musste kleine Schwester aufpassen... statt zu meiner Oma gehen. Aber immer, wenn ich da, ich fühle... Freiheit«, sagte Magda mit weicher Stimme und gesenktem Blick.

»Das klingt schön. Warst du oft allein?«, sagte Emma mit einem Seufzer.

»Ja... oft allein. Aber dort, es war anders. Bäume, Wolken, alles da. Sie waren... wie Freunde. Manchmal, Emma, die leisen Dinge sind beste Freunde«, sagte sie, Ihre Augen richteten sich fest auf Emmas Blick.

»Manchmal fühle ich mich auch allein. Aber hier...
gibt es keine Kasia und keine Felder«, sagte sie, ein
Hauch von Trauer in ihrer Stimme.

»Ja, Emma, manchmal Dinge oder Menschen, die wir
lieben... sie fehlen. Aber manchmal... finden wir
Freunde an Orten, die wir nicht... erwarten«, sagte
Magda, während sie ihre Hand auf Emmas legte.

Emma sah Magda an, als ob sie nach etwas in ihren
Worten suchte, das unausgesprochen blieb. Der warme
Duft des Kuchens erfüllte weiter die Luft, und die beiden
saßen noch eine Weile schweigend da, während Magda
Emmas Hand leicht drückte – ein Versprechen, das keine
Worte brauchte.

12

Anna saß in ihrem Arbeitszimmer, den Blick fest auf ihre Dokumente gerichtet. Eine Unruhe nistete in ihrem Bauch – nicht greifbar, aber hartnäckig. Sie schob den Gedanken beiseite. Schließlich hatte sie sich schon oft genug eingeredet, dass solche Momente einfach zum Leben gehörten. Doch da war es wieder: dieses leise Ziehen, eine Art stiller Alarm, dass sie auf einem Weg war, den sie eigentlich schon hinter sich lassen wollte. Es fühlte sich an wie ein Déjà-vu – und nicht das angenehme, sondern das, bei dem man sich fragt, warum man wieder hier gelandet ist.

Sie legte den Stift hin, schob die Papiere ein Stück von sich weg. Die Verantwortung war wie ein schwerer Mantel, den sie unbewusst immer wieder überzog, auch wenn er nicht mehr zu ihr passen wollte. Aber was sollte sie sonst tun? Ohne diesen Mantel fühlte sie sich fast... nackt. Das war es doch, oder? Der Gedanke, den sie nicht zu Ende denken wollte: dass sie sich vielleicht mehr vor dem Loslassen fürchtete als vor dem Festhalten.

Sie legte den Stift aus der Hand, die Linien auf dem

Papier verschwammen vor ihren Augen. Sie lehnte sich im Stuhl zurück und massierte ihre Schläfen, während die unbestimmte Unruhe sich in ihrem Inneren weiter ausbreitete. Das Ticken der Wanduhr erinnerte sie daran, wie viel Zeit sie bereits im Arbeitszimmer gesessen hatte – Zeit, die Emma allein unten im Wohnzimmer verbrachte.

Ein leiser Gedanke kehrte zurück, ein Fragment aus ihrem Gespräch mit Emma vor ein paar Tagen: »Mama, wann spielst du wieder mit mir?« Die Worte hatten sie damals berührt, doch jetzt fühlten sie sich wie ein Vorwurf an, der in ihrem Kopf widerhallte.

Sie erhob sich langsam vom Schreibtisch und ging zum Fenster. Der Garten lag still und von der Abenddämmerung durchzogen da. Ihre Augen suchten das vertraute Bild von Emma, die früher oft draußen gespielt hatte, doch der Garten war leer.

Sie wandte sich zur Tür, hielt jedoch inne, die Hand auf der Türklinke. Der innere Konflikt tobte erneut auf – die Pflicht, die Arbeit abzuschließen, gegen den Wunsch, Zeit mit ihrer Tochter zu verbringen. Ihre Gedanken wirbelten durcheinander: Ein paar Minuten mehr, nur noch eine Datei... aber Emma... wie lange noch, bis sie mich nicht mehr fragt?

Ein zögerliches Klopfen an der Tür riss sie aus ihren Gedanken. Magda trat leise ein, ein Tablett mit Tee und einer kleinen Schale Kekse in den Händen.

»Frau Ritter«, begann sie vorsichtig, »ich dachte, Sie brauchen vielleicht Pause.«

Anna lächelte schwach, dankbar für die

Unterbrechung.

»Danke, Magda. Das ist nett von Ihnen.«

Magda stellte das Tablett ab, zögerte jedoch, bevor sie den Raum verließ. Ihre Augen suchten Annas Blick, ein Ausdruck von Mitgefühl und vielleicht auch etwas Unausgesprochenem lag darin.

»Ich komme gleich runter«, murmelte sie, aber die Worte klangen hohl, sogar für sie selbst.

Magda verließ das Zimmer, und Anna blieb allein zurück. Der Duft des Tees stieg in ihre Nase, doch sie fühlte keinen Trost darin. Schließlich, nach einem langen Moment, nahm sie ihre Brille ab und legte sie auf den Schreibtisch. Die Akten und Papiere schienen sie anzusehen, ein stummer Vorwurf ihrer Pflichten.

Doch diesmal entschied sie sich anders. Sie griff nach der Tasse Tee, verließ das Arbeitszimmer und machte sich auf den Weg ins Wohnzimmer, wo Emma auf sie wartete. Der erste Schritt war gemacht – klein, vielleicht unbedeutend, doch in Annas Innerem war es wie das erste Licht eines neuen Tages.

Ihre Schritte waren schwer, als sie den Flur hinunterging. Sie öffnete die Tür zum Wohnzimmer, doch Emma war nicht dort. Der Raum war leer, und das Buch, das sie mitgebracht hatte, lag ordentlich auf dem Tisch, als hätte Emma es bereitgelegt und gehofft, dass Anna kommen würde.

Ein leises Schluchzen drang aus der Richtung ihres Zimmers. Annas Herz zog sich zusammen, und sie ging den Geräuschen nach. Vorsichtig klopfte sie an die Tür, bevor sie sie einen Spalt öffnete.

Emma saß auf ihrem Bett, ein Buch in der Hand, ihre kleinen Schultern zuckten leise. Als sie ihre Mutter bemerkte, wischte sie hastig über ihre Augen, versuchte ein tapferes Gesicht aufzusetzen.

»Emma…«, Annas Stimme war leise, voller Bedauern.

»Ich habe es vergessen. Es tut mir leid.«

Emma sah sie an, ihre Augen glitzerten noch von den Tränen.

»Du sagst immer später, Mama. Immer später.«

Die Worte trafen Anna wie ein Dolch. Sie wusste, dass Emma recht hatte. Ihre Arbeit, ihre Verpflichtungen – sie waren immer die Entschuldigung gewesen. Sie kniete sich vor das Bett, auf Augenhöhe mit ihrer Tochter, und legte eine Hand auf Emmas Knie.

»Ich will das ändern«, sagte Anna leise.

»Ich weiß, dass ich oft nicht da bin, wenn du mich brauchst. Aber ich verspreche dir, ich versuche es.«

Emma schwieg einen Moment, dann schob sie das Buch zu Anna hinüber.

»Kannst du jetzt lesen?«, fragte Emma.

Anna lächelte schwach, nahm das Buch in die Hand und schlug es auf.

»Ja, jetzt bin ich für dich da.«

Sie lehnte sich gegen die kühle Wand am Bettende, ihr Kopf leicht nach hinten geneigt, während sie Emmas weiches Haar spürte, das ihren Arm berührte. Der vertraute, zarte Duft ihrer Tochter erfüllte den Raum, und das gleichmäßige Heben und Senken von Emmas Brust schien sich mit ihrem eigenen Atem zu synchronisieren. Das Buch in Annas Händen fühlte sich ungewohnt an, wie ein Fremder, der lange nicht besucht worden war, und doch fand sie Trost in seinen Seiten.

Während sie leise las, strichen ihre Augen über die gedruckten Buchstaben, doch ihr Verstand verweilte nur halb bei der Geschichte. Immer wieder glitt ihr Blick zu Emmas Hand, die leicht auf ihrer lag, und sie fragte sich, wie oft sie diese kleinen, kostbaren Momente in der Vergangenheit übersehen hatte.

Der Rhythmus der Worte begann langsam zu verblassen, wie eine Melodie, die in der Ferne verklingt. Annas Augen wurden schwer, die Buchstaben verschwammen. Doch noch bevor die Dunkelheit sie einholte, spürte sie Emmas leichten Atem an ihrer Brust. In diesem Augenblick, halb wach und halb träumend, fühlte Anna etwas, das sie lange verloren geglaubt hatte – ein Stück Verbundenheit, eine Erinnerung daran, warum sie all das tat, warum sie kämpfen wollte, um besser zu sein. Der Alltag würde wiederkommen, die Verpflichtungen und die Anforderungen. Doch für jetzt, für diesen Augenblick, war alles andere unwichtig. Es gab nur sie und Emma, gemeinsam eingehüllt in eine Stille, die voller Wärme und Vergebung war.

Behutsam hob Anna Emmas Kopf, als wäre er aus zerbrechlichem Glas, und legte ihn vorsichtig auf das Kissen. Die Decke, die sie über ihre Tochter zog, raschelte leise, ein fast flüchtiges Geräusch in der Stille des Raumes. Sie verharrte einen Moment, ihre Hand noch auf der Decke, als ob sie die Wärme, die darunter lag, spüren könnte. Dann beugte sie sich vor und drückte ihre Lippen auf Emmas Stirn, ein Kuss, der wie eine Brücke wirkte – zwischen dem, was war, und dem, was noch sein könnte.

Anna schloss die Tür zu Emmas Zimmer behutsam hinter sich, als ob ein falsches Geräusch die gerade gefundene Ruhe stören könnte. Auf dem Weg nach unten ins Wohnzimmer, die Treppenstufen knarrten leise unter ihren Schritten, hielt sie plötzlich inne. Eine Stimme, gedämpft, aber unverkennbar, drang aus Thomas' Büro. Magdas Stimme.

Ein leichter Schauer lief Anna über den Rücken. Sie konnte die Worte nicht genau verstehen, aber der Ton war klar, ruhig, fast vertraut. Sie wandte sich ab und stieg die Treppe wieder hinauf und blieb vor der Bürotür stehen, ihre Hand zögerte über der Türklinke. Ein kurzer Moment des Zweifelns überkam sie – war das überhaupt etwas, was sie wissen wollte? Doch bevor sie den Gedanken zu Ende führen konnte, öffnete sich die Tür langsam.

Magda stand vor ihr, die Augen senkten sich sofort, als ob sie das Zusammentreffen geahnt hätte. Sie trug noch ihre Schürze, doch die leicht zerzausten Haare und der Hauch von Unruhe in ihrer Haltung wirkten fehl am Platz. Für einen Moment begegneten sich ihre Blicke, und Anna spürte, wie eine unausgesprochene Spannung zwischen ihnen in der Luft hing.

»Guten Abend«, sagte Magda fast flüsternd, aber es klang mehr wie eine Formalität, denn wie eine Begrüßung. Ohne ein weiteres Wort glitt sie an Anna vorbei, den Kopf gesenkt, die Schritte schnell, beinahe hastig, als wolle sie sich so schnell wie möglich aus der Szene entfernen.

Anna drehte sich um und sah ihr nach, wie sie den Flur entlangging, in Richtung ihres Zimmers. Anna blieb für einen Moment stehen und blickte in das halbdunkle Büro. Thomas saß am Schreibtisch, den Rücken zu ihr, den Kopf leicht gesenkt, als studiere er etwas. Neben ihm stand eine Tasse, der aufsteigende Dampf zeichnete Muster in die Luft, die sich rasch auflösten. Der Duft von Tee hing in der Stille des Raumes, ein Hauch von Jasmin oder vielleicht etwas Erdiges. Es war vermutlich Magda, die sie gebracht hatte.

Sie schloss die Augen für einen Moment, als wollte sie die Bilder und Gedanken hinter ihren Lidern einschließen. Sie atmete tief ein, ließ die Türklinke los und spürte das kühle Metall noch einen Augenblick in ihrer Hand nachklingen. Ihre Schritte führten sie langsam die Treppe hinunter, doch jeder Schritt schien schwerer, als ob die Luft um sie dichter wurde. Die flüchtige Begegnung mit Magda ließ sie nicht los, ein leises Unbehagen, das sich in ihrem Inneren wie ein Schatten regte.

Im Wohnzimmer umfing sie die Stille, die nur durch das leise Ticken der Wanduhr unterbrochen wurde. Sie setzte sich, legte die Hände ineinander und blickte ins Nichts. Die Begegnung mit Magda haftete an ihr wie ein feiner Staub, der sich auf alles legte, was sie berührte. Ein Unbehagen, subtil, aber unerbittlich, regte sich in ihr, wuchs mit jeder Sekunde, wie ein Schatten, der sich nicht vertreiben ließ – ein Gefühl, dass etwas in den Rissen des Alltags verborgen lag, wartend, um sich zu offenbaren. Eine rastlose Unruhe ergriff sie. Sie erhob sich, lief einige Schritte im Raum auf und ab, bevor sie sich schließlich wieder niedersetzte.

Reglos saß sie auf dem Sofa, ihre Hände umschlossen eine Tasse Tee, die sie sich instinktiv eingegossen hatte, ohne wirklich Durst zu verspüren. Das warme Porzellan fühlte sich tröstlich an, aber der Tee kühlte langsam ab, unangetastet. Ihre Gedanken kreisten um die Begegnung mit Magda – die gesenkten Augen, der hastige Schritt, die ungesagten Worte.

Die Stille im Wohnzimmer drückte auf sie, trotz der vertrauten Umrisse der Möbel, die sich im Halbdunkel abzeichneten. Sie griff nach dem Buch, das sie an diesem Morgen mit Emma hatte lesen wollen, doch ihre Augen glitten über die Zeilen, ohne einen einzigen Satz aufzunehmen. Die Worte waren wie verschlossene Türen, die sich nicht öffnen ließen.

Plötzlich hörte sie ein Geräusch – ein leises Klappern, vielleicht aus der Küche. Ihr Kopf fuhr hoch, und sie lauschte. Es war nur Magda, die offenbar noch wach war. Doch warum fühlte sich selbst dieses alltägliche Geräusch so schwer an, als trüge es eine Bedeutung, die Anna nicht entschlüsseln konnte?

Sie stellte die Tasse ab und stand auf, ging zum Fenster und zog die Vorhänge ein Stück beiseite. Der Garten lag still da, die Dunkelheit schluckte die Konturen der Büsche und des kleinen Teichs. Der Mond warf ein mattes Licht, das alles in eine gespenstische Ruhe tauchte. Anna fragte sich, ob sie wirklich in diese Dunkelheit hinausblickte, oder ob sie eigentlich in sich selbst schaute – auf die Schatten, die sich dort immer deutlicher abzeichneten.

In diesem Moment hörte sie Schritte hinter sich. Sie drehte sich um und sah Thomas im Türrahmen stehen. Sein Blick war ruhig, aber distanziert, wie immer.

»Alles in Ordnung?«, fragte er, seine Stimme kühl, höflich.

Anna zögerte, bevor sie antwortete.

»Ja... alles in Ordnung.«

Doch die Worte fühlten sich hohl an, so wie ihre innere Ruhe, die sie an diesem Abend nicht finden konnte. Thomas nickte, sagte nichts weiter, und verschwand wieder in den Flur. Als sie den leisen Klang seiner Schritte auf der Treppe hörte, setzte sich Anna erneut aufs Sofa, ihre Hände fuhren fahrig durch die Decke, die über die Lehne gelegt war.

Etwas stimmte nicht, das wusste sie. Nicht nur mit Magda oder mit Thomas, sondern mit ihr selbst. Es war, als ob das Haus ihr einen Spiegel vorhielt, und was sie darin sah, war eine Frau, die sich selbst nicht mehr kannte.

Sie ließ ihren Blick durch das Wohnzimmer schweifen, als suchte sie nach etwas, das sie nicht benennen konnte. Die Möbel, die Wände, selbst die Familienfotos wirkten fremd, wie Kulissen eines Lebens, das nicht mehr ihres war. Der Tee in der Tasse war längst kalt, doch sie hielt ihn noch immer in den Händen, als wäre er das letzte Bindeglied zu einer Realität, die ihr entglitten war.

Plötzlich zog ein Gedanke durch ihren Kopf, so schnell, dass sie sich nicht sicher war, ob sie ihn wirklich gedacht hatte: Wann war ich das letzte Mal glücklich? Es war keine Frage, die eine Antwort suchte, sondern eine, die sie in ihrer Schwere zu Boden drückte.

13

Der Morgen kam fast unbemerkt, höflich, wie ein Besu-
cher, der sich sicherheitshalber noch an der Türschwelle
umsieht. Anna war, die Erste, die wach wurde. Ihre Füße
machten kaum Geräusche, als sie den Flur entlangging,
wobei sie instinktiv die lauteren Stellen vermied. Die
Küche wartete, still und geordnet, wie ein Raum, der
wusste, dass er gleich gebraucht werden würde, aber
noch nicht genau wofür.

Sie blieb einen Moment stehen, die Hände an der Arbeitsplatte, als könnte sie sich durch die Berührung mit
dem neuen Tag verbinden. Der Geruch der Nacht war
noch da – eine Mischung aus etwas, das nach gestern
roch, und etwas, das sich noch nicht entschieden hatte,
heute zu sein.

Sie setzte sich an den Tisch, ihre Hände um eine Tasse
heißen Wassers geschlungen, die sie gerade erst aufge-
setzt hatte. Die Frage – oder vielmehr das Gefühl, das sie
auslöste – hallte in ihrem Inneren nach, wie das leise
Echo eines Fallens, das keinen Aufprall findet. Wann
war sie das letzte Mal glücklich gewesen? Es war eine
Erinnerung, die wie Sand durch ihre Finger rieselte,

immer schwerer zu greifen, je fester sie es versuchte.

Jeden Moment, dachte sie, könnte Emma die Tür durchqueren, ihre Haare zerzaust, die Augen noch halb geschlossen. Sie würden gemeinsam das Frühstück vorbereiten, Brötchen eigenhändig formen und backen, Mehl über die Arbeitsfläche streuen, während ihr Lachen den Raum füllen würde. Es war ein Bild, das sich in ihrem Geist abspielte, ein flüchtiger Traum, der fast greifbar war. Doch die Tür öffnete sich, und es war nicht Emma, die eintrat. Es war Magda.

»Guten Morgen, Frau Ritter«, grüßte Magda.

»Guten Morgen, Magda«, antwortete Anna leise.

Magda ging mit festen Schritten zur Spüle, stellte ein Glas in den Abtropfständer. Das leise Klirren des Glases zerschnitt die Stille, die wie eine unsichtbare Last im Raum hing. Ihre Bewegungen waren ruhig, fast meditativ, doch etwas daran irritierte Anna heute. Magda war immer da, immer präsent, und doch schien sie eine Welt zu bewohnen, die Anna nicht betreten durfte.

»Magda?« Annas Stimme war leiser, als sie beabsichtigt hatte.

Magda drehte sich zu ihr um, ihre Augen, wie gewohnt, aufmerksam, aber schwer zu lesen.

»Ja, Frau Ritter?«

Anna hielt einen Moment inne, als ob sie überlegte, was sie sagen wollte.

»Haben Sie… haben Sie je darüber nachgedacht, was es bedeutet, glücklich zu sein?«

Magda legte den Lappen zur Seite und schien die Frage zu wiegen, bevor sie antwortete.

»Glück…«, sagte sie langsam, ihre Worte mit einem Akzent getränkt. »Es kommt und geht. Manchmal merkt man es erst, wenn es weg ist.«

Die Antwort traf Anna unerwartet tief. Sie nickte, als ob sie das Gespräch beenden wollte, doch innerlich arbeitete es weiter. Wann hatte sie das letzte Mal gespürt, dass etwas sie wirklich erfüllt hatte – jenseits von beruflichem Erfolg, jenseits von Pflichten? Es war nicht nur das Haus, das sich leer anfühlte, es war sie selbst.

»Danke, Magda«, sagte sie schließlich, obwohl sie nicht sicher war, wofür. Magda nickte knapp, wandte sich wieder ihrer Arbeit zu und Anna blieb allein zurück mit einem Gedanken: Vielleicht war es an der Zeit, etwas zu ändern. Doch wie fängt man an, wenn man nicht einmal mehr weiß, wonach man sucht?

Anna blickte zur Tür, ihre Finger umklammerten die Tasse. Vor ihrem inneren Auge tauchte ein Bild auf: Emma, die Haare wild vom Schlaf, die Augen noch halb geschlossen, während ein Lächeln ihre Gesichtszüge erhellte. Der Gedanke allein ließ Annas Herz für einen Moment leichter schlagen, doch die Tür blieb still, der Raum unbewegt.

Sie hob ihren Blick erneut zur Tür, doch der Rahmen blieb leer, die Luft unbewegt. Die Minuten schienen sich zu dehnen, der gleichmäßige Takt der Uhr an der Wand wurde lauter, drängender. Der Tee in ihrer Tasse war längst abgekühlt, der Dampf verblasst. Sie stand auf, langsam, wie in Gedanken verstrickt, und stellte die Tasse in die Spüle. Ein tiefer Atemzug entwich ihr, fast unbemerkt, als ihre Augen für einen Moment auf den leeren Stuhl am Tisch fielen.

Dann wandte sie sich ab, ihre Schritte leise auf den Dielen. Ihre Finger glitten über den Türrahmen, bevor sie ins Büro ging. Dort legte sich das vertraute Flimmern des Bildschirms und das ordentliche Chaos der Unterlagen um sie wie eine alte Decke. Die Geräusche des Hauses schienen zu verschwimmen, und sie tauchte in ihre Arbeit ein, als würde sie etwas suchen, das sie nicht finden konnte. Nach einer Weile legte sie den Stift beiseite und lehnte sich zurück. Der Raum schien den Atem anzuhalten; kein Laut drang von draußen herein. Die Blätter auf ihrem Schreibtisch lagen reglos, und selbst die Geräusche des Hauses waren verstummt. Nur das Ticken der Uhr war zu hören, ein leises, beharrliches Geräusch, das die Stille noch tiefer erscheinen ließ. Ihr Blick fiel auf die geschlossene Tür. Da war eine Stimme, nein, zwei Stimmen, die miteinander verschmolzen, trugen Lachen und Leichtigkeit.

Sie stand auf, ihre Schritte fast lautlos, und ging den Flur entlang. Als sie vor Emmas Tür ankam, sah sie, dass sie einen Spalt offen stand. Sie hielt inne, legte die Hand an den Rahmen, als ob sie die Schwelle nicht sofort überschreiten wollte. Durch den schmalen Spalt konnte sie Magda sehen, die mit Emma auf dem Teppich saß. Magda hielt ein Spielzeug hoch, während Emma vor Lachen fast kippte, ihre Augen leuchteten, ihre Wangen waren gerötet.

Es war eine Szene, die wie ein Standbild aus einer fremden Erinnerung wirkte – lebendig, unberührt von der Welt außerhalb dieses Zimmers. Anna spürte, wie eine Welle von Emotionen sie erfasste, eine seltsame Mischung aus Trauer, Erleichterung und einem Neid, der sie völlig unerwartet traf. Sie spürte die kühle Oberfläche der Wand an ihrem Rücken, ihre Finger ruhten flach gegen die Tapete. Ihre Ohren fingen das Lachen ein, das durch den Spalt der Tür drang, hell und ungezwungen, und doch blieb sie unbewegt. Ihr Blick verweilte auf der Kante der Tür, so nah, dass ein einziger Schritt sie öffnen könnte. Aber ihre Füße blieben still, als ob ein unsichtbares Gewicht sie am Boden hielt. Schließlich wandte sie sich ab, ihre Schritte leise, fast widerstrebend, während etwas Unbestimmtes in ihrer Brust zurückblieb, wie ein Seufzen, das nicht hinauswollte.

Sie ging den Flur entlang, ihre Schritte hallten leise auf den Dielen. Plötzlich hielt sie inne, als aus der Richtung von Thomas' Büro ein rhythmisches Murmeln drang. Seine Stimme war tief, klar, aber durch die geschlossene Tür gedämpft – wie Wellen, die gegen eine Wand prallten. Die Worte verschwammen zu einem steten Klang, der einen Hauch von Dringlichkeit mit sich trug, als ob er in einem verborgenen Gespräch verstrickt war. Sie neigte den Kopf leicht zur Seite, doch die Bedeutung blieb ihr verschlossen, ein Rätsel, das sie nicht entschlüsseln konnte. Sie hielt einen Moment inne, lauschte dem Klang seiner Worte, die rhythmisch wirkte. Ohne näher hinzusehen, ging sie weiter, öffnete die Tür zu ihrem eigenen Büro und zog sie hinter sich zu. Der Klick des Schlosses klang wie ein Punkt, der die beiden Räume voneinander trennte.

Sie setzte sich auf den Stuhl, ihre Finger strichen flüchtig über die kühle Oberfläche des Schreibtisches. Sie atmete tief ein, doch die Luft im Raum fühlte sich schwer an, als ob sie jeden Laut verschluckte. Ihre Hand wanderte zu einem Stift, den sie aufnahm und langsam zwischen den Fingern drehte, während ihr Blick auf dem leeren Papier vor ihr verweilte – ein weißer Abgrund, der nichts von ihr verlangte und doch alles war. Ein Flüstern schien sich in ihren Gedanken auszubreiten, leise und hartnäckig. Die Worte waren verschwunden, aber die Melodie von Thomas' Stimme, die sie auf dem Flur gehört hatte, vibrierte immer noch in ihrem Kopf, wie ein unvollständiger Akkord, der keine Auflösung fand. Der Stift stoppte in ihrer Hand, und sie starrte ins Leere, unfähig, die Lautlosigkeit um sie herum zu durchbrechen.

Ihr Blick glitt zur Tür, die sie eben hinter sich zugezogen hatte, und verweilte dort, als ob die geschlossene Fläche ihr etwas sagen könnte. Einen Moment später wanderte ihr Blick weiter, als könnte sie durch Wände sehen, zur anderen Tür am Ende des Flurs – die geschlossen war, einladend nur für Gespräche, die nichts mit ihr zu tun hatten.

Sie senkte den Kopf, die leere Weite ihres Schreibtisches vor sich. Ihre Finger hielten den Stift, drehten ihn, bis er entglitt. Mit einem leisen Geräusch rollte er über die glatte Oberfläche, seine Bewegung langsam und unausweichlich. Kurz vor der Kante blieb er liegen, eine kleine Geste der Schwerkraft, die dennoch schwerer wirkte, als sie sein sollte. Sie lehnte sich zurück, der Raum um sie her schien sich weiter auszudehnen, bis die

Stille ihn ganz verschluckte. Sie lehnte sich in den Stuhl zurück, der Stoff der Rückenlehne drückte sanft gegen ihren Körper. Ihre Hände ruhten reglos auf den Armlehnen, als ob sie sich an etwas klammern wollten, das längst nicht mehr da war. Ihre Augenlider flackerten, schwer wie ein Vorhang, der sich langsam vor einer Bühne schließt. Ein leiser Atemzug entglitt ihren Lippen. Das Gewicht des Tages schob sie tiefer in den Stuhl, ihr Kopf neigte sich zur Seite, die Muskeln gaben nach, als ob sie die Welt um sich herum entgleiten ließ. Die Zeit im Raum schien zu verschwimmen, als ob selbst die Zeiger der Uhr zögerten, weiterzuziehen. Die Gedanken, die sie eben noch festhielten, lösten sich auf, zerbrachen in winzige Fragmente, die wie Staubkörner in der Dunkelheit schwebten. Dann, ganz ohne Widerstand, sank sie hinüber in den Schlaf. Ihr Atem wurde ruhiger, gleichmäßiger, wie die Wellen eines Ozeans, der sich nach einem Sturm glättet. Das Zimmer, still und wachsam, schien den Moment einzufangen, als wäre er für einen flüchtigen Augenblick aus der Realität entrückt.

Sie öffnete die Augen, ihr Herz schlug schneller, als ob es sie aus einer unsichtbaren Tiefe zurückgeholt hätte. Für einen Moment wusste sie nicht, wo sie war. Die Welt um sie herum schien in diffusem Licht zu flirren, ein dumpfes Echo hallte in ihrem Kopf nach – Stimmen, Lachen, irgendwo aus der Ferne.

Sie blinzelte, schüttelte den Nebel in ihrem Geist ab, und langsam formte sich die Realität um sie herum. Die Stimmen wurden klarer, durchdrangen die Stille wie kleine Wellen, die an die Oberfläche traten. Sie richtete sich auf, ihre Bewegungen waren träge, als ob sie sich erst wieder an den Raum um sie herum gewöhnen musste.

Das Lachen lockte sie, zog sie wie ein unsichtbarer Faden. Sie trat hinaus in den Flur, das Holz der Treppe knarrte leise unter ihren Füßen. Mit jeder Stufe, die sie hinunterging, wurden die Geräusche lebendiger – ein rhythmisches Klopfen, ein helles Kichern. Sie hielt kurz inne, ihre Hand auf dem glatten Geländer, bevor sie die letzte Stufe hinabstieg.

Als Anna die Küche betrat, hielt sie inne. Ihre Schritte verstummten auf den kühlen Fliesen. Vor ihr, am Tisch, sah sie Emma und Magda. Das Klopfen von Händen auf Teig, der Rhythmus eines eingespielten Tuns, erfüllte den Raum. Emma beugte sich leicht vor, ihre kleinen Hände drückten und formten den Teig mit einer Hingabe, die Anna für einen Moment den Atem anhalten ließ.

Magda stand daneben, ihre Bewegungen geschmeidig, wie die eines Menschen, der mit diesem Moment eins war. Ein Lächeln spielte auf ihren Lippen, fast unmerklich, während sie Emmas Hände anleitete, ohne wirklich etwas zu sagen. Ein Hauch von Mehlstaub tanzte in der Luft, schimmerte im weichen Licht, das durch das Fenster fiel. Die Gesichter der beiden strahlten in einem Licht, das Anna nicht einordnen konnte.

Anna spürte, wie sie von der Szene aufgesogen wurde, wie ein Zuschauer, der in einen Film eintaucht, dessen Handlung er nicht kennt. Das Lachen Emmas, leise und klar, durchbrach die Stille in ihrem Kopf.

Emmas Hände tief im Teig, ihre Finger bewegten sich in synchroner Harmonie. Mehlstaub schwebte wie feiner Nebel in der Luft, ihr Lachen, klar und voller Leben, erfüllte den Raum, während Magda mit einem schiefen Lächeln etwas zu ihr flüsterte. Anna sagte nichts. Ihre Augen folgten der Szene, blieben an den Bewegungen der Hände hängen, am Kneten, am Formen. Es war ein Tanz, eine flüchtige Intimität, die sie nicht erwartet hatte. Der Raum fühlte sich warm an, fast fremd, und ihr war nicht klar, ob sie willkommen war oder nur eine Beobachterin blieb.

»Hallo, Frau Ritter«, sagte Magda, ihre Stimme ruhig, fast selbstbewusst.

Sie legte die Hände auf das Backbrett, ein leichter Staub von Mehl bedeckte ihre Finger.

»Emma hatte… Idee«, fuhr sie fort, ihre Worte suchend, »Pflaumenkuchen backen.«

Anna stand reglos in der Tür, der Raum schien für einen Moment zu atmen, gefüllt mit den leisen Geräuschen von Emmas kleinen Bewegungen am Tisch. Ein unfertiges »Hallo« entkam Annas Lippen, fast ungewollt, wie ein Reflex. Ihre Augen ruhten auf Magda, die nun mit einem leichten Lächeln auf Emma deutete, als wolle sie sagen: »Sehen Sie, sie fühlt sich wohl.«

Anna ließ den Blick schweifen. Die Leichtigkeit, mit der Magda sich bewegte, wie sie den Raum einnahm, ließ einen Gedanken in ihrem Kopf aufblitzen, der sich hartnäckig hielt: Sie gehört hierher, vielleicht mehr als ich. Magdas Fingerspitzen streiften ein Messer auf der Arbeitsplatte, ihre Bewegungen fließend, vertraut. Anna konnte die Worte in ihrem eigenen Kopf kaum ignorieren. Magda fühlte sich immer sicherer in diesem Haus – meinem Haus.

Doch sie sagte nichts. Der Duft von Zucker und Pflaumen lag in der Luft, während Magda wieder etwas flüsterte, das Anna nicht verstand. Es war, als hätte der Raum eine Geschichte, die sich ohne sie entfaltet hatte. Anna trat schließlich einen Schritt näher, ihre Hand strich über die glatte Oberfläche des Tisches, während ihr Blick zwischen Emma und Magda hin und her wanderte. Emma lachte leise, ihre Hände tauchten erneut in den weichen Teig, während Magda eine Schüssel hob und den Teig mit geübten Bewegungen verteilte. Die beiden schienen in ihrer eigenen kleinen Welt, als ob Annas Anwesenheit sie kaum berührte.

»Das sieht... gut aus«, sagte Anna schließlich, ihre Stimme zögerlich, als hätte sie sich selbst überrascht.

Emma schaute kurz auf, ein breites Lächeln huschte über ihr Gesicht.

»Wir machen Pflaumenkuchen! Magda hat mir gezeigt, wie man den Teig ausrollt«, rief sie begeistert, ihre Stimme hell und ungezwungen.

Magda nickte leicht, ein schiefes Lächeln auf den Lippen.

»Emma sehr gut... Talent«, sagte sie, ihre Worte noch immer suchend, doch ihre Gesten sprachen von einer tiefen Ruhe. Sie griff nach einem Teller mit Pflaumen, die in ordentlichen Reihen aufgereiht waren, und schob sie Emma zu.

Anna beobachtete die Szene schweigend. Eine Mischung aus Stolz und einer leisen Unsicherheit stieg in ihr auf. Es war, als ob sie auf der Schwelle zu etwas stand, das sie nicht ganz greifen konnte. Sie fühlte sich wie ein Fremdkörper in diesem Raum, der plötzlich so voller Leben und Wärme war – ein Raum, den sie selbst erschaffen sollte, aber der sich ohne sie vervollständigte.

»Ich... werde den Tisch decken«, sagte Anna plötzlich, ihre Stimme etwas zu schnell. Sie drehte sich um, öffnete die Schränke und begann, Teller herauszunehmen. Ihre Bewegungen waren präzise, doch in ihrem Kopf summten Gedanken, ein Durcheinander von Fragen und Gefühlen. Was hatte sie all die Zeit verpasst? Warum war es Magda, die Emma diese Momente schenkte?

Das Lachen von Emma und Magda hallte in ihrem Inneren nach, das schwer auf ihrer Brust lag. Es war nicht die Wärme des Augenblicks, die sie fühlte, sondern eine leise Verschiebung, fast unmerklich, wie der Wind, der das Gleichgewicht eines Astes verändert. Magda war da – mehr als da – ihre Präsenz füllte den Raum, füllte Lücken, von denen Anna nicht einmal gewusst hatte, dass sie existierten.

Anna stand vor dem Wohnzimmertisch, der in seiner glatten, polierten Oberfläche das Licht der Lampe über ihr spiegelte. Sie hielt einen Stapel Teller in der Hand, schwerer, als sie es sich eingestanden hätte. Mit einem leisen Seufzer begann sie die Teller auf der Tischplatte zu verteilen. Ihre Bewegungen waren ruhig, doch in ihrem Inneren wirbelte eine Unruhe.

Die ersten Teller fanden ihren Platz, kreisrund und makellos, wie kleine Inseln in einem Meer aus geöltem

Holz. Anna zog ein Besteckset aus der Schublade des kleinen Beistelltisches und legte Messer und Gabel mit einer Präzision hin, die an etwas Zwanghaftes grenzte. Jeder Millimeter zählte, jeder Winkel musste stimmen.

Während sie die Servietten ausbreitete – feine, weiße Baumwolle, mit einem zarten Stickmuster an den Rändern – fiel ihr Blick auf die Vase in der Mitte des Tisches. Sie war leer. Anna hielt inne, ein Moment der Stille, der durch das leise Summen der Küchenuhr im Hintergrund unterbrochen wurde. Dann stand sie auf, ging zum Fenster und sah, dass ein Strauß frisch geschnittener Blumen in einem Eimer auf der Terrasse wartete.

Die Blumen, Chrysanthemen und Gladiolen, rot, violett und weiß, mit einem Hauch von Rosa an den Spitzen. Anna nahm sie in die Hand, spürte die feine Kühle der Blütenblätter. Sie steckte die Blumen in die Vase, drehte sie leicht, bis sie mit der Symmetrie zufrieden war. Für einen Moment betrachtete sie ihr Werk, als suche sie darin eine Bestätigung, einen Halt.

Als sie sich zurücklehnte, um den Tisch im Ganzen zu betrachten, schien er fertig – perfekt in seiner formalen Schönheit. Doch in Annas Augen lag ein Schatten. Sie spürte, dass dieser Tisch mehr war als nur ein Ort für Kaffee und Kuchen. Es war ein Symbol, ein Versuch, etwas zusammenzubringen, das längst auseinanderdriftete. Der Tisch war bereit, aber etwas in ihr sagte ihr, dass es mehr brauchte, um die Lücken zu füllen, die nicht durch Teller, Besteck oder Blumen überbrückt werden konnten.

Mit einem letzten Blick auf ihre Arbeit wischte Anna

unsichtbare Staubkörner von der Tischplatte und setzte sich schließlich auf das Sofa.

Ihr Blick wanderte zur Küche, und sie sah Magdas Bewegungen. Wie sie das Handtuch über die Schulter warf, den Kopf leicht neigte, während sie Emma etwas erklärte. Ein vertrauter Rhythmus, der nicht nach Annas Regeln spielte. Es war, als ob Magda sich langsam in die Struktur des Hauses eingefügt hatte, in die Räume, die Anna einst zu kontrollieren geglaubt hatte. Ihre Schritte, ihre Gesten, selbst ihre Worte – gebrochen, aber gezielt – wirkten wie Fäden, die sich um Emma wickelten, sie näher zogen. Sie fühlte sich wie ein Zaungast in einer Szene, die mehr nach Magdas Welt roch als nach ihrer.

Der Duft von frisch gebackenem Pflaumenkuchen zog durch das Haus, warm und süß, wie eine Einladung, der man sich nicht entziehen konnte. Am Tisch in der Küche saßen Emma und Magda, ihre Gesichter leicht gerötet von der Hitze des Ofens und den Momenten des gemeinsamen Lachens.

»Es riecht fantastisch«, sagte Thomas, der plötzlich in der Tür stand. Sein Hemd war leicht zerknittert, ein selten entspannter Ausdruck auf seinem Gesicht. »Ich konnte nicht widerstehen.«

Magda und Emma traten gemeinsam ins Wohnzimmer, ihre Stimmen ein leises Murmeln, das sich wie ein ferner Klang in den Raum senkte. Emma trug ein breites Lächeln auf den Lippen, während Magda mit einer unaufdringlichen Selbstverständlichkeit hinter ihr ging. Der Duft des Pflaumenkuchens, der noch in der Luft hing, schien sie zu umhüllen, wie ein unsichtbares Band, das sie miteinander verband.

»Oh, wie schön!«, rief Emma, als sie den gedeckten Tisch sah. Ihre Augen glitzerten, und sie drehte sich kurz zu Magda um, als wolle sie deren Bestätigung einholen.

Magda nickte mit einem Hauch von Stolz und legte eine Hand sanft auf Emmas Schulter.

»Sehr schön gemacht«, sagte sie in ihrem gebrochenen Deutsch, ein Lächeln, das Anna wie eine Bemerkung am Rande vorkam.

Thomas folgte ihnen. Er blieb einen Moment in der Tür stehen, den Blick auf den Tisch gerichtet, bevor er näher trat.

»Anna, das sieht fantastisch aus«, sagte er mit einem Anflug von Anerkennung, der Anna überraschte.

Anna stand ein paar Schritte abseits, ihre Arme locker vor der Brust verschränkt, und beobachtete die Szene.

»Danke«, sagte sie, ihre Stimme klang neutral, fast mechanisch. Ihre Augen folgten Emmas Bewegungen, die mit Magda plauderte, als wären sie ein eingespieltes Team. Es war dieser Anblick, der Anna ein Stechen in der Brust verursachte – ein Gefühl, das sie nicht benennen konnte, nicht benennen wollte.

»Herr Ritter, setzen Sie sich. Kuchen noch warm«, sagte Magda, ihre Worte in jenem gebrochenen Deutsch, das Anna manchmal wie eine Taktik vorkam – unvollständig, doch nie zufällig.

»Ich hole Kuchen«, sagte sie, ihre Worte knapp, aber bestimmt. Mit leisen Schritten verließ sie das Wohnzimmer, und der Duft des bereits angeschnittenen Kuchens schien mit ihr hinauszuwandern.

Emma rutschte unruhig auf ihrem Stuhl hin und her, ihre Augen funkelten vor Vorfreude.

»Magda und ich haben den Kuchen gemacht. Sie hat mir gezeigt, wie man den Teig knetet, und ich habe die Pflaumen draufgelegt.«

»Sie hat gesagt, dass der Kuchen dieses Mal besonders gut ist, weil wir die Pflaumen richtig eingelegt haben«, erklärte sie stolz, ihre Stimme voller Energie.

Thomas schmunzelte und beugte sich leicht vor.

»Dann bin ich gespannt, Emma. Klingt, als hättet ihr großartige Arbeit geleistet.«

Anna lächelte dünn, während ihre Finger über die Tischkante strichen, eine unbewusste Geste, die sie erdete. Sie wollte etwas sagen, doch die Worte blieben stecken. Es war, als ob Magdas Anwesenheit jeden Moment für sich beanspruchte, auch wenn sie gerade nicht im Raum war.

Magda kehrte zurück, den Kuchen auf einem großen Teller balancierend, den sie mit einer Sorgfalt trug, die fast rituell wirkte. Der warme Duft von süßem Teig und karamellisierten Pflaumen füllte das Wohnzimmer und zog alle Blicke auf den Tisch. Magda stellte den Teller in die Mitte, drehte ihn leicht, um sicherzustellen, dass der Kuchen perfekt positioniert war.

»Hier, Pflaumenkuchen«, sagte sie, während sie ein Messer und einen Servierheber aus ihrer Schürze zog. Ihre Bewegungen waren ruhig, geradezu feierlich, als sie das erste Stück abschnitt und es auf Emmas Teller legte.

»Danke, Magda!«, Emma strahlte und griff sofort zur Gabel.

Magda legte das nächste Stück auf Thomas' Teller, dann auf Annas. Schließlich nahm sie sich selbst ein Stück und setzte sich wieder an den Tisch, ihre Haltung gelassen, aber ihre Augen beobachteten jeden Moment, als wolle sie sicherstellen, dass der Kuchen seine Wirkung entfaltete.

Thomas probierte als Erster, nickte anerkennend.

»Der schmeckt wirklich gut«, sagte er, und seine Worte klangen ehrlich.

»Magda hat mir gezeigt, wie man den Teig macht«, erklärte Emma zwischen zwei Bissen. »Und wir haben die Pflaumen ganz lange eingelegt, genau wie Magda es früher in Polen gemacht hat.«

Anna hob ihre Gabel, doch sie zögerte, bevor sie probierte. Der Kuchen war perfekt – die Süße der Pflaumen, die leichte Säure, die butterige Kruste. Und doch schien jeder Bissen schwerer zu wiegen als der vorherige. Während sie aß, fühlte sie sich, als würde sie an etwas teilhaben, das nicht mehr nur ihr gehörte, sondern langsam jemand anderem. Der Gedanke, dass Magda nicht nur den Kuchen, sondern auch diesen Moment orchestriert hatte, nagte an ihr.

Magda lehnte sich zurück und ließ ihren Blick kurz über den Tisch wandern und nickte dann zufrieden, als hätte sie einen unausgesprochenen Standard anerkannt.

Anna spürte, wie die Kontrolle über den Moment ihr entglitt, obwohl sie diejenige gewesen war, die den Tisch gedeckt hatte, die diesen Rahmen geschaffen hatte.

Der Tisch, so perfekt arrangiert, schien nun wie eine Bühne, und alle Spieler hatten ihre Positionen eingenommen. Doch wer führte Regie? Das wusste Anna nicht.

Thomas griff nach einem Glas Wasser, trank einen Schluck und lehnte sich zurück.

»Es ist schön, dass wir alle zusammen hier sitzen«, sagte er, ein seltener Moment der Zufriedenheit in seiner Stimme. Anna nickte, aber ihre Gedanken waren woanders, bei Magda, deren Lächeln wie eine unausgesprochene Herausforderung wirkte, und bei Emma, die sich so natürlich an Magdas Seite bewegte.

Das Gespräch setzte ein, zunächst flüchtig, dann fließender, doch Anna hörte die Worte nur wie aus der Ferne.

»Möchte jemand Kaffee?«, fragte Anna, die Stimme kühler, als sie beabsichtigt hatte. Sie griff nach der Kanne, ohne eine Antwort abzuwarten, und schenkte ein.

»Ich«, antwortete Thomas am schnellsten.

»Ich nehme Tee«, sagte Magda leise, doch mit einer Bestimmtheit, die den Raum für einen Moment verstummen ließ.

Anna betrat die Küche, streckte die Hand aus und drückte die Tasten des Kaffeeautomaten, während ihr Blick für einen Moment ins Leere ging. Nebenbei stellte sie den Wasserkocher an, der mit einem leisen Summen begann. Magdas Tee, dachte sie, während ihre Hände wie von selbst weiterarbeiteten.

Thomas schob einen Kuchenhappen in den Mund und nickte anerkennend.

»Magda, so einen köstlichen Pflaumenkuchen habe ich noch nie in meinem Leben gegessen.«

»Emma hat viel gemacht«, sagte Magda und lächelte Emma zu, die mit roten Wangen neben ihrem Vater saß und ihren Kuchen verschlang.

Anna trat ins Wohnzimmer zurück, das Tablett mit den dampfenden Tassen vorsichtig balancierend. Der Duft von frisch gebrühtem Kaffee mischte sich mit der subtilen Kräuternote des Tees. Ihre Schritte waren bedächtig, fast zögerlich, während sie sich dem Tisch näherte. Sie stellte eine Tasse vor Thomas ab.

»Hier, dein Kaffee«, sagte sie, ihre Stimme ruhig, aber unauffällig, und reichte sich selbst die zweite Tasse, bevor sie sich zu Magda wandte.

»Für dich, Magda«, sagte Anna und stellte die Tasse Tee vor sie. Ihre Augen begegneten kurz Magdas, bevor Anna ihren Blick wieder abwandte, als hätte sie in diesem Moment etwas Flüchtiges erahnt, das sie nicht benennen konnte.

Magda nickte, ein leises »Danke« über die Lippen murmelnd, bevor sie die Tasse mit beiden Händen umfasste. Der Raum füllte sich mit einem kurzen Schweigen, das nur vom leisen Klirren des Porzellans unterbrochen wurde, als jeder seine Tasse nahm.

Anna hielt ihre Tasse fest umschlossen, die Wärme durchdrang ihre Finger, aber schaffte es nicht ganz bis in ihr Inneres. Sie saß still, der Ellbogen auf den Tisch gestützt, und beobachtete Emma, die zwischen Magda und Thomas saß. Emma lachte über etwas, das Thomas gesagt hatte – oder vielleicht war es Magda. Es spielte keine Rolle. Sie passte so mühelos in diese Szenerie, als wäre sie nicht nur Teil dieses Moments, sondern Teil einer anderen Familie, eines anderen Hauses. Ein Ort, der nicht Annas war.

Anna trank einen Schluck Kaffee und ihr Blick glitt zu Magda. Da saß sie, ganz selbstverständlich, die Gabel locker in der Hand, ein Lächeln auf den Lippen, als wäre sie nie woanders gewesen. Die Art, wie sie sich zurücklehnte, wie sie Thomas zuhörte, wie sie Emma ansah – es war schwer, den Raum zu übersehen, den sie einnahm. Nicht durch Lautstärke, sondern durch etwas Unausgesprochenes, das dennoch schwer wog.

Anna wollte etwas sagen, etwas Belangloses, nur um sich selbst daran zu erinnern, dass dies ihr Wohnzimmer war, ihr Tisch, ihr Leben. Aber die Worte blieben hängen. Es war nicht so, dass Magda sich aufdrängte. Es war fast das Gegenteil: Sie war einfach da, als sei ihr Platz schon immer reserviert gewesen.

»Der Kuchen ist gut geworden«, sagte Anna schließlich, ihre Worte fühlten sich leer an, wie eine Hülle, die sich nicht mit Bedeutung füllen ließ.

Magda nickte, ihr Lächeln schien einen Hauch von Triumph zu tragen.

»Familie zusammen... immer besser Kuchen«, sagte sie mit einem Blick auf Thomas, der das Stück auf seinem Teller verschlungen hatte.

Anna trank einen letzten Schluck Kaffee, die Wärme war bitter auf ihrer Zunge. Ihre Gedanken waren schwer, ihre Hände unsicher, und die süße Harmonie am Tisch fühlte sich für sie wie eine leise, aber eindringliche Herausforderung an.

Als die Unterhaltung langsam verebbte, lehnte sich

Thomas zurück, nahm den letzten Schluck seines Kaffees und stand auf. Ohne ein weiteres Wort verließ er den Raum, seine Schritte hallten leise auf dem Holzboden, als er in Richtung seines Büros ging und die Tür hinter sich schloss.

Emma folgte bald darauf. Sie schob ihren Stuhl zurück, das leichte Kratzen der Beine auf dem Boden durchbrach die Stille.

»Ich gehe nach oben«, murmelte sie, mehr an niemanden gerichtet, und verschwand auf leisen Sohlen die Treppe hinauf.

Magda wartete nur einen Augenblick, stand dann ebenfalls auf und nahm ihre Tasse Tee mit.

»Ich schaue nach Emma«, sagte sie in ihrem gebrochenen Deutsch, ohne Annas Blick zu suchen. Ihre Schritte waren fast lautlos, während sie Emma nach oben folgte.

Anna blieb allein zurück. Sie legte die Hände auf die glatte Tischplatte, ihr Blick verlor sich im Muster des Holzes. Die Leere des Raumes schien plötzlich größer, und die vertrauten Geräusche des Hauses, die normalerweise tröstlich wirkten, fühlten sich an wie ein stetiges Ziehen an etwas, das sie nicht definieren konnte.

14

Der Nachmittag war dabei, sich still und leise zurückzuziehen, als ob er niemandem auffallen wollte. Goldenes Licht tastete sich durch die halb geschlossenen Vorhänge, wanderte über Möbel und Teppich, bis es Emmas Zimmer in ein warmes Leuchten tauchte. Sie saß auf dem Boden, die Beine im Schneidersitz, ganz in sich versunken. Neben ihr hatte Magda Platz genommen, in dieser selbstverständlichen Art, die sie immer hatte, als wäre der Raum plötzlich ein Stück auch ihr Zuhause.

Zwischen ihnen lag ein Notizbuch, aufgeschlagen, die Seiten ein Sammelsurium aus Emmas Gedanken – kleine Tiere mit übertrieben großen Augen, wackelige Häuser, und dazwischen Fantasiewelten, die nur sie verstand.

»Das hier ist neu«, sagte Magda und deutete auf eine seltsame Kreatur, halb Vogel, halb Katze.

»Habe ich gestern gemacht«, murmelte Emma, ohne den Blick zu heben. Sie sprach, wie sie zeichnete: leise, beiläufig, als wäre nichts davon besonders – obwohl es das natürlich war.

Magda nahm eine Seite zwischen die Finger, betrachtete die feinen Linien und lächelte leicht.

»Du zeichnest schön, Emma. Ich... früher auch... malen«, sagte sie, ihre Stimme leise, etwas zögerlich.

Emma blickte zu ihr auf, ein Funkeln der Neugier in ihren Augen. »Hast du früher viel gemalt, Magda?«

Magda nickte, ließ das Buch sinken und sah für einen Moment an Emma vorbei, hinaus ins Licht.

»Ja, in Polen. In kleines Dorf, viele Felder. Immer malen... Tiere, Bäume... manchmal Häuser von anderen Menschen. War... mein Traum, Architektin werden.«

»Warum bist du keine Architektin geworden?«, fragte Emma, ihre Stimme sanft, aber direkt. Magda hielt inne, schien nach Worten zu suchen.

»Leben nicht immer leicht. Familie groß, Arbeit viel. Keine Zeit für Träume.« Sie seufzte, ein Laut, der die Luft zwischen ihnen für einen Moment schwerer machte. »Aber ist okay. Ich habe gelernt... das Leben ist, was man draus macht.«

Emma sah sie lange an, dann senkte sie den Blick und zeichnete eine Linie auf das Papier vor ihr.

»Manchmal wünsche ich mir, ich könnte woanders leben«, sagte sie schließlich flüsternd.

Magda legte ihre Hand auf Emmas.

»Hier nicht schlecht, Emma. Du hast alles. Haus, Familie... Mutter, Vater.« Ihre Stimme war warm, doch ein Schatten durchzog ihre Augen. »Aber ich verstehe. Ich war auch manchmal... unsichtbar.«

Emma hob den Kopf, überrascht. »Du auch?«

Magda nickte, das Lächeln auf ihren Lippen verschwand. »Ja. Manchmal ich denke, wenn ich ganz leise... niemand merkt, dass ich da bin. Aber ich habe gelernt... mit richtigen Menschen, man nicht unsichtbar.«

Emma schwieg, ließ die Worte in sich nachklingen, während Magda sie aufmerksam beobachtete. Es war ein stiller Moment, doch zwischen ihnen entstand ein Band – ein Verständnis, das ohne viele Worte wuchs.

Die Dämmerung fiel langsam über das Wohnzimmer, wie eine sanfte Decke, die alles in gedämpfte Farben hüllte. Anna saß reglos, ihr Schatten von der sinkenden Sonne langgezogen über den Boden. Der Raum atmete die Stille ein, nur das leise Ticken der Wanduhr hielt die Zeit in Bewegung. Ihre Augen streiften ziellos durch den Raum, bis sie an einem Buch, das achtlos auf der Kante eines Sideboards lag, hängen blieben. Das Buch lag dort, halb geöffnet, als hätte es jemand achtlos zurückgelassen. Es war nicht ihres – das wusste sie. Etwas an der Art, wie es dort lag, ließ sie innehalten. Sie erhob sich langsam, ihre Bewegungen vorsichtig, als ob sie ein Gleichgewicht bewahren müsste.

Sie hob es an, ihr Daumen glitt über den abgenutzten Stoff des Buchrückens, als ob sie sich an die Vertrautheit dieses Objekts klammern wollte. Als sie es aufschlug, fiel etwas heraus – ein Stück Papier, das flatternd zu Boden segelte und auf der Teppichkante zum Liegen kam. Für einen Moment blieb sie still, ihr Blick auf das Rechteck gerichtet, das sich im Licht fast unscheinbar darstellte. Doch sie wusste, dass es mehr war als nur ein Lesezeichen.

Anna bückte sich, ihre Hand zögerte einen Augenblick, bevor sie es aufhob. Es war ein Foto. Das Papier fühlte sich kühl an. Sie drehte es um, und ihr Atem stockte.

Ihre Hand zitterte leicht. Auf dem Bild war Thomas. Sein Lächeln war entspannt, fast unbekümmert. Neben ihm Magda, in einem Moment eingefangen, der zu viel Nähe verriet, als dass es ein Zufall sein könnte. Der Hintergrund zeigte Lichter, verschwommen, aber sie erkannte Warschau.

Das Foto glitt in ihrer Hand nach unten, als ob das dünne Papier plötzlich das Gewicht von Stein angenommen hätte. Ihre Finger lockerten sich unwillkürlich, der Rand des Bildes drückte gegen ihre Handfläche, kühl und schneidend zugleich. Der Raum um sie herum schien sich zu verschieben, die sanfte Dunkelheit der Dämmerung wurde schwerer, drückender. Sie legte das Bild zurück ins Buch, ihre Finger noch immer kalt von dem, was sie gerade berührt hatte.

Die Welt hatte sich nicht verändert, doch in ihrem Inneren war etwas in Bewegung geraten, ein unaufhaltsames Zittern, das sich durch ihre Gedanken zog. Sie setzte sich zurück, das Buch fest in den Händen, und starrte ins Leere, als ob die Antwort dort irgendwo verborgen wäre. Aber die Stille des Raumes blieb unbarmherzig.

Sie saß auf dem Sofa, das Buch geschlossen auf ihrem Schoß, die Fingerspitzen noch immer auf dem rauen Leinenumschlag verharrend. Der Raum schien sich um sie herum zu dehnen, als ob er sie dazu zwingen wollte, die Stille mit einer Entscheidung zu füllen. Doch die Worte, die sich in ihrem Kopf formten, blieben unausgesprochen. Ihre Augen wanderten über die Schatten, die sich in den Ecken des Raumes sammelten. Der Gedanke, einfach sitzen zu bleiben, nichts zu tun, fühlte sich wie eine Last an, die schwerer wurde, je länger sie verweilte. Sie schloss die Augen für einen Moment, lauschte dem leisen Summen des Kühlschranks, den entfernten Stimmen aus Emmas Zimmer, die wie eine ferne Welle an ihr Ohr rollten und sich dann wieder zurückzogen. Das Lachen, das Emma vorhin erfüllt hatte, hallte in ihrem Kopf nach, aber es klang nicht nach ihr. Es klang nach einer Welt, die Anna langsam zu entgleiten schien. Ihre Hand glitt über das Buch, als würde es darin eine Antwort geben. Doch die Gedanken in ihrem Inneren waren lauter: Magda war mehr als nur eine Haushälterin. Sie war eine Präsenz, die sich still in die Risse des Hauses schob und ihre eigenen Wurzeln schlug.

Anna öffnete die Augen und sah zum Fenster. Die Reflexion des Zimmers darin war verzerrt, die Schatten wirkten wie fremde Gestalten, die sie beobachteten. Ihre Gedanken kreisten, nicht um das Warum oder das Wie, sondern um das, was als Nächstes kommen sollte. Magda war nicht nur da. Sie formte etwas – mit Emma, mit Thomas, mit dem Raum, den sie beanspruchte. Anna spürte es wie ein langsames Ziehen, das sie immer wieder aus der Ruhe riss.

Aber was tun? Sie konnte nicht einfach Magda konfrontieren, nicht ohne Beweise, nicht ohne einen Plan. Ein offenes Gespräch würde Magda in die Defensive drängen, und Anna ahnte, dass Magda in dieser Rolle gefährlich sein konnte. Ihre Augen wanderten wieder zum Fenster, und sie bemerkte, wie sich ihr Spiegelbild im Glas für einen Moment in Magdas zu verwandeln schien – eine Täuschung des Lichts.

Anna stand langsam auf, ließ das Buch auf den Couchtisch sinken und griff nach der leeren Tasse neben ihr. Sie spürte die kalte Keramik der Tasse in ihren Händen, ein seltsamer Trost inmitten des Chaos ihrer Gedanken.

Der Plan musste kommen, aber noch nicht jetzt. Sie musste beobachten, zuhören, die Fäden entwirren, die Magda gesponnen hatte. Ihre Position im Haus war noch nicht verloren, doch die Zeit, sie zurückzuerobern, schien dünner zu werden, wie der Faden eines Spinnennetzes, das im Wind schwebt.

Sie ging in Richtung der Treppe, hielt jedoch plötzlich inne. Ihre Hand ruhte auf dem glatten Holz des Treppengeländers. Die Stimmen aus Emmas Zimmer waren gedämpft. Sie schloss die Augen, spürte, wie die Schwere der Situation an ihr zog, und atmete tief ein. Der Atem füllte sie, als wäre er eine Botschaft, eine Erinnerung daran, dass sie selbst die Richtung wählen konnte.

Sie öffnete die Augen, zog ihre Hand zurück, richtete die Schultern, als ob sie ein unsichtbares Gewicht abwarf und ließ die Treppe hinter sich. Der Weg zur Küche war wie eine Linie, die sie zog, klar und unaufhaltsam.

Das Licht in der Küche war weich und einladend, und die Luft roch nach dem Rest des Tages – ein Hauch von Kaffee, das fade Echo des Pflaumenkuchens. Sie trat an die Arbeitsplatte, legte ihre Hand darauf, spürte die Kühle des Marmors unter ihren Fingern. Sie ließ ihre Augen über die geordneten Oberflächen wandern, das

Radio in der Ecke, den kleinen Stapel mit Rezepten, der sich seit Wochen nicht verändert hatte.

Keine impulsiven Worte, dachte sie. Keine Konfrontation. Das war nicht der Weg. Sie griff nach der Schürze, die an ihrem gewohnten Platz hing, zog sie über den Kopf und knotete die Bänder fest um ihre Taille.

Sie öffnete den Kühlschrank, die kalte Luft streifte ihre Haut, während sie Zutaten herausnahm. Karotten, Paprika, Zwiebeln. Sie stellte sich an die Arbeitsplatte, griff nach den Messern und begann mit präzisen Bewegungen das Gemüse zu schneiden. Die Farben leuchteten vor ihr auf dem Schneidebrett, ein kleines Chaos, das sie in Ordnung brachte, Stück für Stück.

Sie streckte die Hand nach dem Radio aus, drehte den Knopf, und eine leise Melodie erfüllte die Luft. Ein Rhythmus, der sie an ferne Sommertage erinnerte, an die Leichtigkeit, die sie längst verloren hatte. Die Musik schien den Raum zu weiten, ihn mit einer Wärme zu füllen, die sie nicht mehr erwartet hatte.

Ihre Finger hielten kurz inne, noch immer den Griff des Messers umklammernd, und dann legte sie es zur Seite.

Der nächste Akkord der Musik war wie ein kleiner Schub, der sie in Bewegung brachte. Zuerst ein leises Wippen ihrer Hüfte, ein leichtes Nicken des Kopfes. Ihre Hand glitt über die Arbeitsplatte, strich über die Küchenutensilien, als ob sie diese sanft in die Melodie einfügen wollte. Bald fand sich Anna mitten im Raum wieder, ihre Füße bewegten sich auf den kühlen Fliesen, der Rock ihrer Schürze drehte sich leicht, während sie der Musik nachgab. Ihre Bewegungen wurden sicherer, freier. Die Küche, die lange Zeit ein Ort der Funktionalität gewesen war, wurde plötzlich zu einem Raum voller Möglichkeiten, voller Leben. Sie schloss die Augen, hob die Arme und ließ die Musik durch sich fließen, als ob sie all das abschütteln könnte, was sie so lange niedergehalten hatte. Anna fühlte die Wärme auf ihren Wangen, das Pochen ihres Herzens. Es war kein großer Moment, kein triumphales Ereignis, sondern etwas Kleines, Intimes, nur für sie.

Plötzlich hörte sie Schritte im Flur, das leise Quietschen des Parketts. Anna hielt inne, ihre Füße blieben wie verankert auf dem Boden, und sie öffnete langsam die Augen. Die Musik spielte weiter, die Melodie zog sich wie ein unsichtbarer Faden durch die Luft. Doch an der Tür stand Emma, ihre Augen groß, ihre Lippen leicht geöffnet, als ob sie sich fragte, ob sie träumte.

Anna hielt den Atem an, wartete. Dann lächelte sie, ein Lächeln, das so leicht und echt war, dass es die Distanz zwischen ihnen überbrückte.

»Komm her«, sagte Anna, ihre Stimme fast ein Teil der Musik. Sie streckte die Hand aus, und nach einem kurzen Zögern trat Emma ein.

Die beiden Frauen – eine jung, die andere, die sich wieder jung fühlte – bewegten sich langsam zur Musik, ihre Bewegungen schüchtern, aber verbunden. Der Raum schien zu atmen, und für einen Moment war die Küche nicht nur ein Ort, sondern ein Gefühl, eine Erinnerung, die sich in die Gegenwart schob und alles veränderte. Es war kein Moment der großen Gesten, kein

Triumph. Aber es war ein Anfang, und das war alles, was Anna brauchte. Die Offensive hatte begonnen.

Die Musik strömte durch die Küche, die schwungvollen und vertrauten Jazzakkorde, eine vertraute Melodie, die die Luft füllte, wie der Duft frisch gebackenen Brotes. Anna und Emma bewegten sich im Takt, ihre Hände ineinander verschlungen, ihre Schritte improvisiert und voller Leichtigkeit. Emma lachte, ein heller Klang, der den Raum durchdrang und sich mit dem schwachen Summen des Radios vermischte. Annas Blick folgte der Drehung ihrer Tochter, ein Moment, der ihr Herz gleichzeitig erfüllte und festhielt.

Anna bemerkte es zuerst nicht direkt. Es war eher wie eine subtile Änderung im Takt der Musik – kaum wahrnehmbar, aber da. Sie ließ die Melodie ihren Körper weiter führen, ihre Bewegungen folgten noch dem Rhythmus, der sie umgab. Doch dann registrierte sie es: ein Schatten im Türrahmen. Ihr Instinkt sagte ihr, nicht sofort zu reagieren. Ein kurzer Atemzug, ein geduldiger Moment. Und dann, wie ein perfekt abgestimmter Schritt in einem Tanz, drehte sie sich langsam um. Magda stand dort, im Türrahmen, halb im Schatten, halb im Licht. Ihre Hand ruhte auf dem kühlen Holz. Barfuß auf dem kalten Küchenboden, ihre Augen fixiert auf die Szene vor ihr. Kein Wort verließ ihre Lippen, aber ihre Präsenz sprach in der Stille. Ihre Augen folgten der Choreografie, Annas Drehung, Emmas Lachen, und sie spürte, wie etwas in ihr leise zerriss.

Einen Moment lang begegneten sich ihre Blicke, und die Musik schien für Magda fast zu verstummen. Annas

Lippen hoben sich zu einem Lächeln, doch es war mehr als das. Es war eine Botschaft, klar und doch ohne Worte. Dieses Lächeln war nicht freundlich, nicht unhöflich - es war bestimmend – ein Lächeln, das einen Raum beanspruchte, eine Rolle definierte. Die Botschaft war klar: »Hier bin ich. Dies ist meine Welt. Hier führe ich die Regie. Und du bist nur ein Teil davon, so groß oder klein, wie ich es erlaube.« Es war ein Lächeln, das die Grenzen markierte, die Magda nicht überschreiten durfte.

Magdas Gesicht blieb starr, dann formte sich ein schwaches Lächeln, fast unfreiwillig, als hätte es nicht die gleiche Tiefe wie Annas. Für einen Moment schien sie etwas sagen zu wollen, doch die Worte blieben ungesprochen und verloren. Sie senkte den Blick leicht, drehte sich schließlich um und verschwand zurück in den Flur. Ihre Schritte waren lautlos auf den Fliesen, als hätte sie gelernt, sich unsichtbar zu bewegen, ohne Spuren zu hinterlassen.

Anna beobachtete, wie Magda verschwand, und hielt den Blick auf den leeren Türrahmen gerichtet. Die Musik füllte den Raum wieder, aber in ihrem Inneren hallte noch der stumme Austausch nach, ein Dialog aus Blicken, der mehr enthielt, als Worte je ausdrücken könnten.

Emma zupfte an ihrer Hand, forderte sie zurück ins Spiel, in die Unbeschwertheit des Tanzes.

»Komm, Mama«, sagte Emma, ihre Augen leuchteten, ohne die Schwere zu bemerken, die kurz den Raum durchzogen hatte. Anna drehte sich zu ihrer Tochter, nahm sie wieder bei den Händen und ließ sich erneut in den Takt der Musik fallen. Aber tief in ihrem Inneren fühlte sie, dass etwas Wichtigeres begonnen hatte, etwas, das sich leise und unaufhaltsam entfaltete.

15

Die Nacht senkte sich über das Haus. Im Büro war Thomas noch wach, eingehüllt in den kleinen Kreis aus Licht, den die Schreibtischlampe auf die Unterlagen vor ihm warf. Sein Blick wanderte über die Seiten, ohne sie wirklich zu erfassen. Die Buchstaben waren da, klar und schwarz auf weiß, aber sie schienen nichts von ihm zu wollen. Das war irgendwie beruhigend.

Er drehte den Stift zwischen den Fingern, ein fast unmerkliches Klacken, das mit dem leisen Ticken der Wanduhr konkurrierte. Die Uhr war unregelmäßig – oder vielleicht war es nur sein Gefühl, dass die Pausen zwischen den Schlägen mal kürzer, mal länger wurden.

Er lehnte sich zurück, ließ den Stift sinken und starrte in den Schatten, der sich an der Wand breitmachte. Irgendetwas fehlte. Oder vielleicht war es zu viel – zu viele Gedanken, zu viele unbeantwortete Fragen, zu viele Nächte wie diese.

Die Tür öffnete sich leise, gerade so weit, dass Magda hindurchschlüpfen konnte. Sie trug einen schlichten Pullover, der in der Dunkelheit fast farblos wirkte, und ihre Haare fielen lose über ihre Schultern. Ihre Schritte waren leicht, fast lautlos, als sie näherkam. Sie blieb stehen, direkt vor seinem Schreibtisch, und sah ihn an. Thomas spürte ihre Anwesenheit, bevor er aufblickte, und als er es tat, war ihr Blick bereits fest auf ihn gerichtet, ein Hauch von Entschlossenheit darin.

»Thomas«, sagte sie, ihre Stimme leise, aber klar. »Wir müssen reden.«

Er legte den Stift weg und lehnte sich zurück in den Sessel, als wollte er Abstand zwischen sich und ihren Worten schaffen. »Jetzt? Es ist spät.«

Magda ignorierte die Bemerkung, trat näher und legte ihre Hände auf den Rand des Schreibtisches.

»Wie lange willst du noch so weitermachen? Zwischen dieser Arbeit, dieser...« Sie hielt inne, suchte nach den richtigen Worten. »...dieser Familie, die dir nichts gibt?«

Thomas schwieg. Seine Augen wanderten kurz zu ihren Händen, die sich leicht verkrampft um die Holzkante legten.

»Was willst du damit sagen?«, fragte er schließlich, seine Stimme gemessen, doch in seinen Worten lag eine Spannung.

»Ich meine, du kannst so nicht glücklich sein.« Magda ließ ihre Hände sinken, stand nun aufrecht vor ihm, die Arme verschränkt, als wolle sie sich selbst schützen.

»Ich sehe dich jeden Tag. Du bist hier, aber nicht wirklich. Du arbeitest, ja, aber für was? Für wen? Für Anna, die dich nicht versteht? Für eine Familie, die dich nur als Mittel zum Zweck sieht?« Sie schüttelte den Kopf, ein bitteres Lächeln auf ihren Lippen. »Du verdienst mehr.«

Er senkte den Blick, und für einen Moment herrschte eine erdrückende Stille zwischen ihnen. Dann, fast unmerklich, fragte er: »Und was schlägst du vor?«

Magdas Augen leuchteten kurz auf, als hätte sie auf diese Frage gewartet.

»Komm mit mir«, sagte sie, ihre Worte weich, fast flüsternd, aber durchdrungen von einer Überzeugung, die den Raum zu füllen schien. »Lass uns ein neues Leben beginnen. Weg von hier, weg von... diesem Haus, diesen Erwartungen. Wir könnten zusammen etwas Neues aufbauen, etwas, das dir gehört, das uns gehört.«

Thomas spürte, wie sich ein Knoten in seiner Brust zusammenzog. Die Vorstellung, alles hinter sich zu lassen, war so verlockend wie erschreckend. Er dachte an seine Karriere, an die unzähligen Stunden, die er in diese Wände gesteckt hatte, an Anna, an Emma. Aber dann war da auch Magda, die nun vor ihm stand, eine Präsenz, die ihm gleichermaßen Trost und Unruhe brachte.

»Es ist nicht so einfach«, sagte er schließlich, seine Stimme brüchig. »Da ist Emma. Und Anna...«

»Anna ist nicht das Problem«, unterbrach Magda ihn, ihre Stimme schärfer, aber immer noch leise. »Sie hat dich längst verloren, und du weißt das. Aber Emma...« Sie machte eine Pause, ihr Blick wurde weicher. »Emma wird verstehen. Sie wird es spüren, wenn du glücklich bist.«

Thomas schloss die Augen, rieb sich die Schläfen.

»Ich weiß nicht, Magda. Ich... ich brauche Zeit.«

Magda nickte langsam, trat einen Schritt zurück, ihre Bewegungen waren bedacht.

»Zeit«, wiederholte sie, als wäre das Wort eine Antwort auf eine Frage, die sie nicht gestellt hatte. Dann drehte sie sich um, ging zur Tür, hielt jedoch noch einmal inne. »Aber denk daran, Thomas – Zeit läuft ab.«

Die Tür schloss sich leise hinter ihr, und Thomas blieb allein zurück. Die Lampe warf weiterhin ihr Licht auf den Schreibtisch, aber die Schatten im Raum schienen tiefer, dunkler geworden zu sein. Er saß da, den Blick auf die Unterlagen vor ihm gerichtet, während sich ihre Worte in seinem Kopf wiederholten.

Er lehnte sich zurück, den Kopf an die Stuhllehne gelehnt, und schloss die Augen. Magdas Worte hallten in seinem Inneren wider, ein Echo, das keinen Frieden fand. »Zeit läuft ab.« Er öffnete die Augen, sah den Schreibtisch vor sich, aber der Raum schien sich verändert zu haben – stiller, drückender, als hätte Magda nicht nur den Raum, sondern auch etwas von seiner Klarheit mitgenommen.

Sein Blick wanderte zu einem Rahmen auf dem Regal. Das Bild zeigte Anna, Emma und ihn an einem Strand. Emmas Gesicht strahlte vor Freude, eine Schaufel in der Hand, während Anna im Hintergrund stand, ein Lächeln, das damals echt gewesen war. Wie lange war das her? Drei Jahre? Vier? Er auf dem Foto fühlte sich an wie ein Fremder, eine andere Version von ihm, die er nicht mehr kannte.

Er rieb sich die Schläfen, suchte in seinen Gedanken nach einem Halt, nach einer Richtung, doch alles fühlte sich wie ein Knoten an, der sich nicht lösen ließ. Der Drang, etwas zu tun, irgendetwas, wurde übermächtig, doch was? Magdas Vorschlag war so einfach, so klar gewesen. Doch der Preis – der Preis war zu hoch.

Ein Klopfen an der Bürotür riss ihn aus seinen Gedanken. Für einen Moment blieb er still, wie eingefroren. Dann räusperte er sich. »Ja.«

Die Tür öffnete sich vorsichtig, und Anna trat ein. Sie hatte eine Tasse Tee in der Hand, ihr Blick war suchend, zögernd, als würde sie prüfen, ob sie wirklich willkommen war.

»Ich dachte, du könntest eine Pause gebrauchen«, sagte sie leise und stellte die Tasse auf den Tisch.

Thomas nickte, sagte aber nichts. Anna blieb einen Moment stehen, ihre Hände umklammerten sich, bevor sie leise hinzufügte: »Thomas, wir müssen reden.«

Er hob den Blick, seine Augen trafen ihre, und für einen Moment war die Spannung zwischen ihnen greifbar.

»Ich weiß«, sagte er schließlich, seine Stimme war müde, doch darin lag auch ein Hauch von Bereitschaft. »Ich weiß.«, wiederholte er.

Anna setzte sich auf die Schreibtischkante, als hätte sie Angst, zu nah zu kommen. Sie suchte nach den richtigen Worten, während Thomas ihren Blick nicht losließ.

»Es geht um uns«, begann sie, »um Emma, um dieses Haus. Etwas stimmt nicht, und wir beide wissen es.«

Thomas nickte langsam, sein Kopf fühlte sich schwer an.

»Anna, ich... ich habe vieles falsch gemacht.«

»Wir beide«, unterbrach sie ihn. »Aber das bedeutet nicht, dass es zu spät ist.«

Sie griff nach der Tasse Tee, hielt sie aber nur in den

Händen, ohne zu trinken.

»Wenn wir das hier aufgeben, wenn wir uns aufgeben, was bleibt dann?«

Thomas wollte antworten, doch die Worte blieben ihm im Hals stecken. Er dachte an Magda, an ihre Entschlossenheit, an ihre Worte, die so einfach und doch so verlockend gewesen waren. Aber er dachte auch an Emma, an die Strandtage, an die Version von sich selbst, die er verloren hatte.

»Ich weiß nicht, ob ich das reparieren kann«, sagte er schließlich.

Anna lehnte sich vor, ihre Augen suchten seinen Blick.

»Vielleicht musst du es nicht allein tun«, sagte sie, und in ihrer Stimme lag keine Anklage, sondern etwas, das wie Hoffnung klang.

Anna richtete sich auf und legte ihre Hand auf seine.

»Wenn du mich brauchst oder reden möchtest, weißt du, wo du mich findest«, sagte sie und bewegte sich in Richtung Tür.

Die Tür schloss sich hinter Anna mit einem leisen Klicken, ohne den Lärm zu hinterlassen. Thomas blieb zurück, in seinem Sessel, den Blick auf einen Punkt am Schreibtisch, wo die Maserung des Holzes wie ein kleiner Fluss verlief. Seine Hände ruhten auf den Armlehnen, doch sie schienen nicht wirklich still. Die Finger zuckten leicht, als ob sie sich erinnern wollten, wie es war, etwas zu halten, das längst verschwunden war.

Anna schritt langsam den Flur entlang, ihre Schritte federleicht, kaum hörbar auf dem Holz. Das Zimmer am

Ende des Korridors hatte die Tür einen Spalt breit geöffnet, und ein leises Kichern drang hindurch – Emmas Stimme, gedämpft wie durch eine dicke Wolldecke.

Anna schob die Tür mit einer Hand auf und trat ein. Emma saß auf ihrem Bett, die Beine im Schneidersitz, mit einem Buch in der Hand. Es war ein altes Buch, dessen Einband an den Ecken abgegriffen war, und die Seiten rochen nach Staub und Vergangenheit. Ohne ein Wort zu sagen, ließ Anna sich neben Emma nieder, zog ihre Beine auf das Bett und blickte auf die aufgeschlagene Seite.

Anna begann zu lesen, ohne zu fragen, wo sie beginnen sollte. Emma legte den Kopf schräg an Annas Taille. Das Licht der Stehlampe war weich, es legte sich wie eine warme Decke über die beiden. Von draußen drang das Klopfen des Regens an die Scheibe, ein gleichmäßiger Takt, der sie in eine Welt zog, die nur aus Buchstaben, Geschichten und einer stillen Verbundenheit bestand.

Im Flur blieb die Luft still, wie ein Beobachter, der sich nicht traute, einzugreifen. Und aus dem anderen Raum – dem Raum, den Anna verlassen hatte – drang ein Seufzen, fast unhörbar, wie ein Windstoß, der sich in einem Korridor verlor.

Sie las mit einer ruhigen, gleichmäßigen Stimme, deren Klang wie Wellen an einem nächtlichen Ufer an Emmas Ohren spülte. Ihre Wimpern bewegten sich langsamer, als ob sie das Licht, das von der Lampe fiel, kaum noch tragen konnten. Sie las weiter, doch die Worte zogen sich in die Ferne, verloren sich irgendwo zwischen den Schattenspitzen, die von den Ecken des Raumes krochen. Emmas Atem wurde tiefer und ihrer Lider zuckten. Ein kleiner Seufzer entrann ihren Lippen, wie eine Wolke, die sich von der Bergspitze löst und lautlos ins Tal hinabgleitet.

Anna blickte ins Emmas Gesicht, halb verborgen unter einer Strähne ihres Haares. Ihre Augen waren geschlossen, als wäre die Schwere des Raumes endlich zu viel geworden. Anna schloss das Buch mit einem gedämpften Laut, der die Luft kaum bewegte, und lehnte es gegen das Nachtlicht.

Draußen rührte sich der Wind, ließ die Zweige an der Fensterscheibe kratzen, gleich einer Hand, die an eine Tür klopfte, die niemand mehr öffnete. Anna beobachtete die Schatten, die wie Atemzüge über Emmas Gesicht tanzten, bevor sie sich zurücklehnte, die Arme um ihre Knie legte und dem verblassenden Schein der Lampe lauschte. Sie beugte sich langsam über Emma, deren Atem inzwischen ruhig und gleichmäßig wurde. Mit einer Hand, die kaum den Hauch eines Geräusches verursachte, streichelte Anna über Emmas Haar, fühlte die weiche Wellen der lockigen Strähnen. Langsam hob sie Emmas Kopf an. Mit der anderen Hand passte sie das Kissen an, strich den Stoff glatt und bettete Emmas Gesicht zärtlich darauf. Eine Haarsträhne fiel ihr über die Stirn und Anna strich sie behutsam zur Seite. Dann neigte sie sich hinab und ließ ihre Lippen kurz und federleicht auf Emmas Stirn ruhen. Sie drehte sich zum Licht. Mit einer fließenden Bewegung drückte Anna den Schalter, und der Raum fiel in eine tiefe, gleichmäßige

Schwärze. Nur ein schmaler Streifen Mondlicht drang durch die halbgeschlossenen Vorhänge, wanderte über die Wände und durchschnitt die Dunkelheit. Anna trat zurück, ihre Schritte lautlos auf dem Teppich, die Hand noch kurz am Türrahmen ruhend, bevor sie den Raum verließ. Sie blickte noch einmal zurück, das Zimmer lag still und dunkel, nur Emmas Atem füllte die Leere, ein gleichmäßiges, leises Lied, das sich mit der Dunkelheit vermischte. Sie trat aus dem Zimmer und ließ die Tür hinter sich in der gleichen Ruhe zufallen, die sie beim Eintreten getragen hatte.

16

Der Morgen war ruhig, fast zurückhaltend. Die Luft im Haus trug noch die Kühle der Nacht, während die Sonne vorsichtig erste Strahlen durch die Vorhänge schickte, als wollte sie fragen, ob sie schon hereinkommen dürfe. Am Küchentisch saß Emma, ein Stück Papier vor sich, auf dem sich ein halb fertiges Pferd abzeichnete. Ihr Blick war konzentriert, die Stirn leicht in Falten gelegt, während sie den Bleistift mit einer Mischung aus Präzision und Hingabe führte. Die Zunge schob sich zwischen ihre Lippen, ein stilles Zeichen dafür, dass sie tief in ihrer Arbeit versunken war.

Neben ihr stand Magda, die sich über Emmas Schulter beugte. Ihr Kopf neigte sich leicht zur Seite, als sie die Zeichnung betrachtete – nicht kritisch, eher neugierig. »Die Beine schon ziemlich gut«, sagte sie schließlich, mit einer Stimme, die gleichzeitig aufrichtig und vorsichtig war. Emma machte ein Geräusch, das irgendwo zwischen Zustimmung und Unwillen lag, ohne den Blick vom Papier zu heben.

Ihre gebrochenen Worte schienen Emmas Gedanken nicht zu stören, sondern sie noch tiefer in ihre Arbeit zu ziehen. »Das Pferd sieht stark aus. Vielleicht... ein Name geben?«

Emma hielt inne, legte den Bleistift zur Seite und sah nachdenklich auf ihr Werk. »Was für ein Name?«

Magda setzte sich neben sie, stützte das Kinn auf die Hand, als ob sie selbst über die Frage grübeln würde. »Hm... In Polen, wir sagen ‚Kasztan'. Kastanie. Wegen der Farbe, ja?«

Emma kicherte leise. »Kasztan klingt lustig.«

Magda lächelte, ein weiches, stilles Lächeln, das Emma ermutigte. »Lustig ist gut. Pferde mögen lustig.«

Die Tür zur Küche öffnete sich einen Spalt, und Anna trat ein. Sie hielt in der Bewegung inne, als ihr Blick auf Magda und Emma fiel. Für einen Moment stand sie da, beobachtete, wie ihre Tochter lachte, als Magda versuchte, ihr polnische Wörter beizubringen, die Emma dann mit einem entschlossenen Gesichtsausdruck nachsprach. Anna spürte ein leises Stechen in der Brust, ein Gefühl, das sie nicht genau benennen konnte – war es Eifersucht? Angst?

»Guten Morgen«, sagte Anna schließlich, ihre Stimme ein wenig zu laut, als wolle sie die sanfte Atmosphäre zwischen den beiden durchbrechen.

Emma hob den Kopf und lächelte. »Mama! Schau mal, wir haben das Pferd Kasztan genannt.«

Anna nickte, trat an den Tisch und betrachtete die Zeichnung.

»Das ist wirklich schön, Emma«, sagte sie und beugte sich vor, um ihr einen Kuss auf die Stirn zu geben. Doch Emma lehnte sich leicht zurück, nicht unhöflich, eher unbewusst, und wandte sich wieder ihrem Bild zu.

»Ich mache Kaffee«, sagte Anna, ihre Worte an niemanden gerichtet, während sie zur Kaffeemaschine ging.

Sie spürte Magdas Blick und diese unausgesprochene Spannung, die zwischen ihnen hing.

Als sie die Tasse füllte, drehte sie sich um und sah, wie Magda nun Emmas Haare aus dem Gesicht strich, eine mütterliche Geste, die Anna in ihrer Eigenart beinahe störte. Sie hatte das Gefühl, dass sich Magda unbemerkt in eine Rolle schlich, die nicht die ihre war - zumindest nicht sein sollte.

»Magda«, sagte Anna, ihre Stimme freundlich, aber mit einer feinen Kante. »Könntest du später bitte die Einkaufsliste überprüfen? Ich denke, wir brauchen noch einige Dinge für heute Abend.«

Magda nickte, aber ihre Augen wanderten nur kurz zu Anna, bevor sie wieder auf Emma gerichtet waren.

»Ja, Frau Ritter. Ich mach das.«, sagte Magda und verließ den Raum.

Emma zog den Stift langsam über das Papier, ihre Bewegungen sorgfältig, als ob jede Linie eine Geschichte erzählte. Das Pferd nahm Gestalt an, seine Mähne schien zu wehen, als ob ein unsichtbarer Wind sie erfasste. Anna saß neben ihr, ihre Hände in den Schoß gelegt, und beobachtete ihre Tochter. Es war ein seltenes Bild von Ruhe, eines, das Anna in ihrem Gedächtnis festhalten wollte.

»Fertig«, sagte Emma stolz.

Anna stand auf, trat hinter Emma und betrachtete die

Zeichnung.

»Das ist wunderschön«, sagte sie und legte ihre Hände auf Emmas Schultern.

Emma drehte sich zu ihr um, ein vorsichtiges Lächeln auf den Lippen. »Danke, Mama.«

Anna kniete sich hin, sodass sie auf Augenhöhe waren.

»Weißt du, was wir jetzt machen könnten?« Sie wartete einen Moment, bevor sie fortfuhr: »Dein Lieblingsgericht. Gulasch mit Spätzlen. Was meinst du?«

Emmas Augen weiteten sich vor Freude.

»Echt? Wir machen Spätzle selbst?«

»Genau«, sagte Anna, während sie Emmas Hände in ihre nahm. »Aber dafür brauchen wir ein bisschen Hilfe. Ich schicke Magda die Liste für die Zutaten. Während sie das Gulasch vorbereitet, machen wir beide die Spätzle. Deal?«

Emma nickte eifrig, und Anna zog ihr Handy aus der Tasche. Ihre Finger glitten über den Bildschirm, während sie die Nachricht an Magda schrieb: Bitte die Zutaten für Gulasch besorgen: Rindfleisch, Zwiebeln, Paprika, Tomatenmark. Wir kümmern uns um die Spätzle. Danke!

Anna und Emma räumten den Tisch ab und legten das Backbrett darauf.

»So Emma, wir brauchen Mehl, Eier und Wasser«, zählte Anna auf.

»Und Nudelholz!«, fügte Emma hinzu.

Emmas Hände steckten bereits tief in einer Schüssel voller Mehl und Eiern. Die Masse klebte an ihren

Fingern, und Emma kicherte jedes Mal, wenn sie den Teig zu fest drückte. Die Sonne fiel durch das Fenster und beleuchtete die Szenerie wie eine lebendige Erinnerung.

Die Tür öffnete sich, und Magda trat ein. In ihren Armen eine Einkaufstasche, die sie mit einem Plumps auf die Arbeitsplatte stellte. Sie richtete sich auf, glättete ihre Bluse und blieb für einen Moment stehen. Ihr Blick wanderte zu Anna und Emma, die über der Schüssel lachten, und ein Hauch von Unmut schlich sich in ihre Augen.

»Ich habe die Sachen«, sagte Magda knapp, ihre Stimme kühl und sachlich.

»Danke, Magda«, erwiderte Anna, ohne aufzusehen.

»Wir sind hier fast fertig. Kannst du bitte das Gulasch anfangen?«

Magda presste die Lippen zusammen, ihre Hände griffen fester um die Einkaufstasche. Sie stellte die Zutaten langsam auf die Arbeitsplatte, die Bewegungen bewusst ruhig, als ob sie ihre Gedanken dadurch ordnen könnte. Schließlich nickte sie, fast unmerklich.

»Ja, Frau Ritter«, sagte sie schließlich.

Magda wandte sich ab, nahm die Zutaten und begann mit der Vorbereitung des Gulaschs. Ihre Bewegungen waren routiniert, doch ihr Blick wanderte immer wieder zu Anna und Emma. Die beiden waren in ihre Welt versunken, ein Bild von Vertrautheit, das Magda aus der Distanz betrachtete.

Anna spürte Magdas Anwesenheit, ohne sie anzusehen. Sie wusste, dass es keine Worte brauchte, um die Spannung im Raum zu spüren – sie lag in den kleinen

Gesten, den zurückhaltenden Blicken, den Bewegungen, die gerade ein bisschen zu langsam waren.

»Mama, wie fest soll der Teig sein?«, fragte Emma und zog Anna zurück in den Moment.

»Noch etwas fester«, sagte Anna mit einem Lächeln und steckte den Finger in den Teig.

»Gut gemacht, Emma. Der Teig sieht schon richtig geschmeidig aus.«, sagte Anna mit einem aufmunternden Lächeln.

»Bist du sicher? Ich kann noch ein bisschen weiterkneten.«, entgegnete Emma, während sie sich eine Haarsträhne aus dem Gesicht strich und ihre Hände betrachtete, die voller Teig waren.

»Jetzt hast du wirklich ausreichend geknetet, Emma. Schau, er ist schön glatt und elastisch – genau so, wie er sein soll.«, sagte Anna mit ihren und Emmas Händen prüfend.

»Und was machen wir jetzt? Einfach so lassen?«, fragte Emma.

»Nein, jetzt kommt der spannende Teil. Wir rollen den Teig aus.« »Ich zeige dir, wie man das macht. Möchtest du es zuerst versuchen?«

»Das Wichtigste ist, gleichmäßig Druck auszuüben. So....«, sagte Anna und führte Emmas Hände an das Nudelholz.

»Das fühlt sich irgendwie cool an. Aber ich glaube, ich mache ihn zu dünn!«, stellte Emma fest.

»Keine Sorge, wir korrigieren das zusammen. Und keine Panik – der Teig ist geduldig.«, sagte Anna mit einem Augenzwinkern.

»Ich will, dass die Spätzle perfekt werden.«, sagte Emma tief konzentriert.

»Die werden perfekt, weil wir sie zusammen machen.«, sagte Anna ermutigend.

Anna hielt kurz inne, während Emma den Teig weiter ausrollte. Perfekt. Dieses Wort hatte sie so oft gedacht, gesagt, gelebt. Ein ungreifbarer Maßstab, der sie angetrieben und gleichzeitig gefangen gehalten hatte. Sie sah Emmas konzentrierten Blick, wie ihre Stirn sich leicht kräuselte, eine kleine Falte, die verriet, wie ernst sie diese Aufgabe nahm.

War es das, was sie an Emma weitergegeben hatte? Den Drang, alles richtig zu machen, fehlerfrei, perfekt? Anna spürte ein leises Stechen in ihrer Brust. Sie erinnerte sich daran, wie oft sie sich als Kind selbst zu Höchstleistungen angetrieben hatte, immer auf der Suche nach Anerkennung, die nie vollkommen genug war. Jetzt sah sie dasselbe Streben in Emmas Gesicht, diese Anspannung, die ihr so vertraut war.

Perfektion. Ein schweres Erbe, dachte Anna. Wie ein Geschenk, das zu glänzend schien, um es abzulehnen, und doch immer ein wenig zu schwer war, um es zu tragen. Vielleicht war es Zeit, Emma zu zeigen, dass Perfektion nicht das Ziel sein musste, dass es okay war, wenn der Teig nicht ganz gleichmäßig ausgerollt war, wenn das Leben ein wenig unordentlich blieb.

Anna wischte sich die Hände an einem Küchentuch ab und beobachtete Emma, die konzentriert den Teig ausrollte. Der Küchentisch war voller Mehl und ein angenehmer Duft von frisch geschnittenen Kräutern, die

Magda für den Gulasch schnitt, erfüllte die Luft.

»Jetzt kannst du ein bisschen dünner ausrollen, Emma. Denk daran, die Spätzle mögen es zart«, sagte Anna mit einem Lächeln, das ihre eigenen Worte unterstrich.

Emma runzelte die Stirn, während sie das Nudelholz noch fester griff.

»Sind die nicht schon dünn genug? Ich will nicht, dass sie reißen.«, fragte sie.

Anna beugte sich leicht vor, sah Emma in die Augen und deutete auf den Teig.

»Sie sehen schon wunderbar aus, aber wenn wir sie noch ein kleines bisschen dünner machen, werden sie perfekt. Und du weißt doch, wir machen sie zusammen, also werden sie sowieso perfekt.«, sagte Anna.

Emma hielt kurz inne, das Nudelholz in der Hand, und sah Anna an.

»Perfekt ist so schwer«, murmelte sie schließlich. »Es fühlt sich an, als ob ich alles falsch machen könnte.«

Anna legte ihre Hand sanft auf Emmas Schulter.

»Weißt du, perfekt bedeutet nicht, dass alles ohne Fehler ist«, sagte sie nachdenklich. »Es bedeutet, dass wir es mit Liebe machen. Und wenn wir das tun, dann schmeckt es so, als hätte es die ganze Welt zusammengebracht.«

Emma ließ das Nudelholz los, ihre Hände ruhten auf dem Teig.

»Aber was, wenn es nicht so schmeckt?«

Anna lachte leise, nahm ein kleines Stück des Teigs und hielt es Emma hin.

»Probiere mal. Schmeckt doch schon jetzt nach uns, findest du nicht?«

Emma biss vorsichtig hinein und nickte langsam.

»Okay,« sagte sie schließlich. »Aber ich will, dass du mir zeigst, wie man sie schneidet. Ich will, dass sie richtig gut werden.«

Anna strahlte.

»Abgemacht. Wir machen das zusammen. Schritt für Schritt.«

Emma griff wieder zum Nudelholz, diesmal mit mehr Zuversicht, während Anna sich an ihre Seite stellte. Die Küche war erfüllt von einem leisen Lachen, und für einen Moment war alles, was zählte, die geschäftigen Hände und die Wärme, die sie miteinander teilten.

Der Duft aus Magdas Gusseisentopf hatte sich inzwischen in der gesamten Küche ausgebreitet, eine verlockende Mischung aus geschmortem Fleisch, süßlicher Paprika und den erdigen Noten von Kräutern. Der warme Geruch schien sich in jede Ecke des Raumes zu legen. Anna hielt einen Moment inne, die Hände noch im Teig, und warf einen kurzen Blick in Richtung des dampfenden Topfes.

»Das riecht fantastisch, Magda«, sagte sie schließlich, fast beiläufig, doch in ihrer Stimme lag ehrliche Anerkennung.

Emma schnupperte neugierig und ließ den Teigroller für einen Moment ruhen.

»Wann ist es fertig?«, fragte sie ungeduldig und strahlte Magda mit großen Augen an.

Magda drehte sich mit einem leichten Lächeln um, ein

Kochlöffel in der Hand, von dem ein Tropfen der leuchtend roten Soße zurück in den Topf fiel.

»Geduld, Emma. Gulasch mag keine Eile. Es braucht Zeit, um gut zu werden.«

Anna beobachtete die Szene und spürte einen Hauch von Unbehagen, als Emma sich mit einer Mischung aus Bewunderung und Neugier zu Magda wandte. Sie wischte die Mehlreste von ihren Händen ab und sagte mit gespielter Strenge: »Und wir sollten uns beeilen, bevor der Teig zu trocken wird. Schließlich müssen die Spätzle genauso gut werden wie Magdas Gulasch.«

Emma lachte und ihre Aufmerksamkeit blieb für einen Augenblick länger bei Magda, die einen Zweig frischen Thymian in den Topf fallen ließ. Das Zischen und der aufsteigende Dampf gaben dem Moment eine fast rituelle Qualität.

Anna trat ins Wohnzimmer ein, das im Halbdunkel lag. Die schweren blauen Vorhänge filterten das Licht des frühen Nachmittags und tauchten den Raum in ein gedämpftes Leuchten. Sie schob die Vorhänge zur Seite und ließ das Licht hineinfließen.

Sie zog eine schlichte weiße Tischdecke aus dem Schrank, faltete sie mit Bedacht auf und ließ sie sanft über den Tisch gleiten. Die Ränder glitten an den Seiten hinab, genau bis zu den Stühlen. Es war ein Bild von Ordnung, eine kleine Insel der Kontrolle inmitten des Chaos, das sich manchmal in ihrem Inneren ausbreitete.

Die Vase mit frischen Blumen, die sie vor ein paar Tagen arrangiert hatte, setzte sie in die Mitte des Tisches.

Die zarten Blüten der Chrysanthemen und Gladiolen,

neigten leicht zur Seite, als ob sie ebenfalls auf das Kommende warteten.

Sie holte einen Stapel Teller aus der Küche, den sie geschickt auf ihrem linken Arm balancierte. Sie legte die Teller einen nach dem anderen ab, drehte sie leicht, bis sie präzise ausgerichtet waren. Anna nahm das Besteck aus der Schublade des Anrichteschranks. Die silbernen Löffel, Messer und Gabeln klirrten, als sie sie an den richtigen Platz legte, das glänzende Metall reflektierte das Licht des Raumes. Sie blickte einen Moment aus dem Fenster, wo die kahlen Äste der Bäume im leichten Wind schwankten.

Der Duft des Gulaschs, den Magda in der Küche zubereitete, zog langsam in das Wohnzimmer. Anna holte tief Luft und fühlte ein flüchtiges Gefühl von Vertrautheit, das sich sofort mit einer leichten Anspannung vermischte. Sie stellte die Gläser auf den Tisch, zwei für Wasser, zwei für Wein – für Thomas und sich, und eins für Emma. Magda würde, wie immer, ihren Tee trinken.

Emma tauchte kurz im Türrahmen auf, die Wangen leicht gerötet, einen Buntstift in der Hand.

»Wann gibt's Essen?«, fragte sie, ihre Stimme hell und neugierig.

»In ein paar Minuten«, antwortete Anna, ohne sich umzudrehen, während sie das Tischset für Emma zurechtrückte.

»Hast du Hände gewaschen?«

Emma nickte und verschwand wieder, ihre Schritte hallten leise über den Flur. Anna lächelte kaum merklich. Der Gedanke an das Mittagessen mit der Familie war eine Mischung aus Hoffnung und Vorsicht – ein Balanceakt, der in letzter Zeit schwerer geworden war.

Von der Küche her hörte Anna das Klappern von Magdas Töpfen. Bald würde Thomas die Tür zu seinem Büro öffnen, das Knarren der Scharniere war immer unverwechselbar. Emma würde zurückkommen, vielleicht mit ihrer Zeichnung. Und sie alle würden hier sitzen, an diesem Tisch, und das Mahl teilen.

Anna sah auf ihre Arbeit, neigte den Kopf leicht zur Seite und strich eine kleine Falte in der Tischdecke glatt. Perfektion, dachte sie, ist ein trügerisches Ziel. Aber es ist ein Anfang.

Der Tisch war sorgfältig gedeckt, die Sonne warf Lichtstreifen auf die weiße Tischdecke. Die Teller waren gefüllt mit dampfendem Gulasch, dessen reicher Duft den Raum erfüllte, und goldgelben Spätzlen, die von Anna und Emma mit so viel Mühe zubereitet worden waren. Doch trotz des einladenden Essens lag eine schwer greifbare Spannung in der Luft, die jeder zu ignorieren versuchte.

Thomas saß am Kopfende des Tisches, seine Gabel bewegte sich methodisch zwischen den Stücken von Fleisch und Spätzle, doch sein Blick war woanders.
Anna saß ihm gegenüber, ein schwaches Lächeln auf den Lippen, das nicht ganz die Tiefe ihrer Gedanken überbrücken konnte. Emma saß zwischen ihnen. Neben ihr saß Magda, die mit Selbstverständlichkeit am Tisch Platz genommen hatte.

Die Teller klirrten, als Thomas sein Besteck niederlegte. Sein Blick wanderte flüchtig über den Tisch, blieb einen Moment länger bei Magda hängen, die gerade Emma einen Nachschlag Gulasch auf den Teller legte. Anna beobachtete die Szene aus den Augenwinkeln, ihr Lächeln angespannt.

»Das Gulasch ist wirklich gelungen, Magda. Du hast offensichtlich ein Händchen für solche Dinge.«, sagte Anna mit einem dünnen Lächeln und in einem fast beiläufigen Tonfall.

»Danke, Frau Ritter. Ist ein einfaches Rezept... nichts Besonderes.«, sagte Magda leise.

»Manchmal sind die einfachen Dinge die besten, findest du nicht?«, knüpfte Thomas an, während er den Blick zu Anna hebt.

Anna hielt inne, ihre Gabel schwebte über ihrem Teller. Es war ein kleiner Satz, doch die Gewichtung dahinter war schwer zu ignorieren.

»Das mag sein. Aber manche Dinge sind nur auf den ersten Blick einfach. Oder täusche ich mich da?«, sagte Anna mit ruhiger, aber spitzer Stimme, ihre Augen auf Thomas gerichtet.

Thomas linke Augenbraue hob sich.

»Worauf willst du hinaus, Anna?«, fragte er, sein Ton neutral, aber abwehrend.

Anna legte ihre Gabel ab.

»Oh, nichts Bestimmtes. Ich dachte nur, du scheinst in letzter Zeit ein großer Fan von Magdas... Einfachheit zu sein.«, sagte sie mit einem verschmitzten Lächeln.

Ein kurzes Schweigen folgte. Emma, die gerade einen Löffel Spätzle in den Mund schob, blickte verwirrt zwischen ihren Eltern hin und her. Magda verharrte einen

Moment, bevor sie den Blick senkte und so tat, als würde sie die Serviette auf ihrem Schoß richten.

»Das ist doch unsinnig Anna. Versuchst du etwa einen Konflikt zu schaffen, wo keiner existiert?«, sagte Thomas, seine Stimme schärfer.

Anne lehnte sich zurück.

»Nein, ich stelle nur fest. Es ist interessant, wie fleißig sich Magda in letzter Zeit im Haushalt einbringt.«, sagte sie, ihre Stimme ruhig und kühl.

»Frau Ritter. Ich tue nur meine Arbeit.«, sagte Magda in einem vorsichtigen Ton.

»Natürlich, Magda. Du bist sehr fleißig. Manchmal vielleicht... ein bisschen zu fleißig.«

Annas Worte stachen und trafen Magda und Thomas wie feine Nadeln, die unbemerkt die Haut durchdrangen und einen schmerzhaften Nachhall hinterließen.

Thomas schaute Anna direkt an.

»Anna, Magda tut mehr, als man erwarten kann. Du könntest vielleicht mal dankbar sein, statt deine subtilen Unterstellungen spielen zu lassen.«

»Dankbar? Ich bin mir nicht sicher, wofür ich dankbar sein soll, Thomas. Vielleicht kannst du mir ja helfen?«

Die Spannung im Raum wurde fast greifbar. Emma rührte ihren Löffel langsam durch die Spätzle, ihr Blick auf den Teller fixiert, als wollte sie unsichtbar werden. Magda legte ihre Serviette zur Seite, als ob sie aufstehen wollte, doch sie verharrte, unsicher, ob sie sich einmischen sollte.

»Ich... ich kann in die Küche gehen, wenn ich störe.«, sagte sie zögernd.

»Oh, das ist nicht nötig, Magda. Bleiben Sie ruhig sitzen. Es ist schließlich Ihr Gulasch, das uns alle hier zusammengebracht hat.«, sagte Anna, fast freundlich im schnellen Tempo.

Thomas starrte Anna einen Moment an, dann schüttelte er den Kopf und stand abrupt auf.

»Ich bin fertig. Ich habe noch Arbeit.« Er griff nach seiner Serviette, legte sie neben den Teller und verließ den Tisch, ohne ein weiteres Wort.

»Noch etwas Gulasch, Magda? Es wäre schade, wenn etwas übrig bliebe.«, fragte Anna.

Magda schüttelte den Kopf und erhob sich langsam.

»Nein, danke!«, entgegnete sie und verließ das Wohnzimmer in Richtung Küche.

Emma blickte auf und sagte leise: »Ich gehe nach oben in mein Zimmer.«

Anna nickte und lächelte kurz.

Sie blieb allein zurück, das Gulasch auf ihrem Teller war längst kalt geworden.

17

Das Wohnzimmer war in ein warmes Licht getaucht, das von der altmodischen Stehlampe in der Ecke kam. Es war ein Licht, das den Raum gleichzeitig einladend und ein wenig trügerisch wirken ließ, wie eine Szene in einem Theaterstück, in der gleich etwas passieren würde. Anna saß auf dem Sofa, die Beine übereinandergeschlagen, ein Buch in den Händen. In Wirklichkeit hatte sie das Lesen längst aufgegeben.

Auf der Armlehne neben ihr lag ein Foto. Halb verdeckt, wie ein Geheimnis, das nicht zu eilig preisgegeben werden wollte. Ihr Blick wanderte immer wieder zu dem Bild, als würde sie versuchen, sich über etwas klarzuwerden, was nicht offensichtlich war. Es lag dort, unbewegt und doch unausweichlich, eine Art stiller Vorwurf, der den Raum zu füllen schien.

Thomas trat ein, ohne die Atmosphäre zu bemerken. Noch mit dem Handy in der Hand – wie immer –, das er achtlos auf den Couchtisch legte, wo es mit einem leisen Klacken landete. Er schien in Eile, obwohl es dafür keinen offensichtlichen Grund gab. Vielleicht war es einfach sein Grundzustand.

»Alles in Ordnung?«, fragte er beiläufig, ohne wirklich hinzusehen, während er sich die Manschetten seines Hemdes zurechtrückte.

Anna antwortete nicht sofort. Ihr Blick glitt kurz zu dem Foto, dann wieder zurück zu Thomas, als würde sie abwägen, ob dieser Moment der richtige war – oder ob sie überhaupt einen solchen Moment finden konnte.

»Thomas, hast du einen Moment?«, fragte Anna, ihre Stimme ruhig, fast beiläufig. Doch es war die Art von Ruhe, die Thomas sofort innehalten ließ. Sie klang nicht fordernd, aber auch nicht beiläufig genug, um sie ignorieren zu können.

»Natürlich«, antwortete er, während er einen Schritt zur Seite trat, als hätte er plötzlich die Notwendigkeit gespürt, sich zu setzen.

»Was ist los?« Seine Stimme trug einen Hauch von Erschöpfung, das unausgesprochene Gewicht eines langen Tages. Doch er versuchte, aufmerksam zu klingen, oder zumindest so, wie jemand, der weiß, dass er aufmerksam sein sollte.

Anna hob den Blick von dem Buch in ihren Händen – oder vielmehr von der Seite, auf die sie schon seit Minuten gestarrt hatte, ohne ein einziges Wort gelesen zu haben. Sie legte es behutsam beiseite, mit der Art von Präzision, die deutlich machte, dass es nicht um das Buch ging.

Er setzte sich in den Sessel gegenüber und sah Anna an. Sie wirkte gelassen, fast zu gelassen, doch etwas in ihrem Blick hielt ihn wachsam.

»Ich habe heute etwas gefunden. In einem Buch. Es

muss wohl als Lesezeichen gedient haben.«, sagte sie.

Sie legte das Foto auf den Tisch zwischen ihnen, das Bild nach oben gerichtet. Thomas' Augen wanderten automatisch darauf, und in dem Moment, als er es erkannte versteifte sich sein Körper unmerklich.

»Das… das ist aus Warschau. Eine Geschäftsreise.«, sagte er mit gezwungener Leichtigkeit.

»Eine Geschäftsreise. Interessant, dass es so… privat wirkt. Magda scheint eine interessante Begleitung gewesen zu sein.«, sagte sie in einem schneidenden Ton.

Thomas lehnte sich zurück, versuchte, die Fassung zu bewahren, doch seine Augen blieben auf dem Foto haften, als ob er eine Fluchtmöglichkeit darin suchen würde.

»Magda hat mir damals geholfen. Übersetzungen, Kontakte – es war nichts Außergewöhnliches. Ein beruflicher Kontext, das ist alles.«, sagte er nach einer kurzen Pause.

»Beruflich? Sie sieht auf diesem Bild nicht aus wie deine Dolmetscherin, Thomas. Sie sieht aus wie jemand, dem du vertraust… vielleicht zu sehr.«, kommentierte sie mit einem kühlen Lächeln.

Thomas öffnete den Mund, doch kein Ton kam heraus. Sein Blick suchte nach einer Antwort, während Anna ihn weiterhin fixierte.

»Anna, was auch immer du dir vorstellst – es ist nicht so. Ja, sie war dort, ja, sie war freundlich, vielleicht zu vertraut. Aber es gab nichts, was…«

»Was du mir sagen willst. Das verstehe ich. Aber was ich sehe, Thomas, ist etwas anderes. Du bist nicht ehrlich

– nicht zu mir und vielleicht nicht einmal zu dir selbst.« unterbrach sie ihn mit einer festen Stimme.

Thomas strich sich mit einer Hand über das Gesicht, als wolle er die Last dieser Unterhaltung wegwischen.

»Anna, ich habe Fehler gemacht, das will ich nicht leugnen. Aber das Foto… es bedeutet nichts.«

»Vielleicht bedeutet es für dich nichts. Aber für mich? Es erzählt eine Geschichte, die ich nicht kenne. Und du lässt mich in dieser Unwissenheit allein.«, erklärte sie.

Die Worte hingen in der Luft, schwer und unausweichlich. Thomas wich ihrem Blick aus, schaute auf das Foto und dann zur Seite, als ob die Wände des Zimmers ihn plötzlich bedrückten.

»Was willst du von mir, Anna?«

»Ich will die Wahrheit, Thomas. Nicht die Version, die du zurechtschneidest, um dich selbst besser zu fühlen. Die Wahrheit – die, vor der du vielleicht Angst hast.«

Er sah sie an, und für einen Moment schien es, als wolle er sprechen, doch dann blieb er still. Anna lehnte sich zurück, nahm das Foto wieder in die Hand und drehte es langsam zwischen den Fingern, bevor sie es auf den Tisch legte.

»Vielleicht musst du erst selbst wissen, was die Wahrheit ist.«, fuhr sie fort etwas resigniert.

Es folgte Sille. Sie war schwer, geladen mit unausgesprochenen Worten und der Erkenntnis, dass diese Unterhaltung erst der Anfang war. Doch sie entschied sich, diese Unterhaltung nicht nochmal führen zu wollen.

Thomas stand am Fenster, seine Silhouette gegen die

Straßenlichter abgezeichnet. Anna saß auf dem Sofa, die Hände fest ineinander verschränkt, als müsste sie sich an etwas Greifbarem festhalten.

»Thomas, ich werde diese Unterhaltung nicht immer wieder beginnen. Wenn es etwas gibt, das du mir sagen willst, dann tu es jetzt.«

Er drehte sich langsam um, seine Schultern schwer, als trüge er die Last seiner Gedanken wie eine unsichtbare Bürde. Er sah Anna an, doch in ihren Augen fand er keinen Ausweg, nur die unbewegliche Erwartung auf Antworten.

»Ich wollte nicht, dass es so kommt. Das musst du mir glauben.«, fing er nach einer langen Pause an.

»Das ist kein Geständnis, Thomas. Das ist eine Entschuldigung ohne Inhalt.«

Er setzte sich in den Sessel gegenüber, rieb sich mit den Händen übers Gesicht, als könne er die Worte daraus hervorzwingen.

»Magda… es war ein Fehler. Ein Fehler, den ich nicht wiedergutmachen kann.«

Anna lehnte sich zurück, als ob seine Worte sie körperlich getroffen hätten.

»Ein Fehler, sagst du. Wie definiert man einen Fehler, der sich so lange wiederholt?«

Thomas schloss die Augen, atmete tief ein und aus, bevor er weitersprach.

»Es hat in Warschau angefangen«, sagte Thomas schließlich, seine Stimme leise, als ob er hoffte, dass die Worte weniger Gewicht hätten, wenn er sie kaum hörbar machte.

»Es war … ich war schwach, Anna. Ich habe mich in etwas hineingezogen gefühlt, das ich nicht stoppen konnte.«

Anna lachte, aber es war kein echtes Lachen – eher ein bitteres, scharfes Geräusch, das in der Luft hängen blieb wie ein unangebrachter Kommentar.

»Schwach?« Sie fixierte ihn, ihr Blick hart und fordernd.

»Das ist alles, was du dazu sagen kannst? Du warst schwach, und jetzt muss ich die Stärke finden, damit umzugehen?« Ihre Stimme brach nicht, aber sie zitterte am Rand, eine gefährliche Mischung aus Wut und Schmerz.

Thomas schaute sie an, einen Moment zu lange, wie jemand, der nach den richtigen Worten suchte, aber wusste, dass es sie nicht gab. Seine Augen waren voller Reue – das war offensichtlich. Doch da war noch etwas anderes, das Anna störte: ein Hauch von Unentschlossenheit, ein Rest von Verleugnung, der ihm keinen Gefallen tat.

»Ich weiß, dass ich dich enttäuscht habe. Aber es ist nicht… ich weiß nicht, wie ich das erklären soll.«

»Versuch es, Thomas. Du bist ein Anwalt – Worte sind dein Handwerk. Also gib mir die Wahrheit, wie hässlich sie auch sein mag.«

Er sah zu Boden, seine Hände zu Fäusten geballt, bevor er sie wieder öffnete, als gäbe er sich geschlagen.

»Es ging nicht nur um Magda. Es ging um mich. Um das Gefühl, gesehen zu werden, verstanden zu werden. Und ja, ich weiß, wie egoistisch das klingt.«

»Egoistisch ist eine Untertreibung. Du hast nicht nur mich verraten, Thomas. Du hast uns alle verraten. Mich, Emma…«

Das letzte Wort ließ ihn zusammenzucken.

»Emma soll nichts davon erfahren. Bitte, Anna. Sie darf das nicht wissen.«

»Ah, da ist er, der fürsorgliche Vater. Du hättest früher an sie denken sollen, Thomas. Viel früher.«

»Ich weiß nicht, ob ich das reparieren kann. Aber ich will es versuchen, Anna. Für Emma. Für uns.«

»Versuchen ist nicht genug, Thomas. Du musst wissen, was du willst – und ich glaube, das tust du noch nicht.«

Er wollte etwas erwidern, doch die Worte blieben ihm im Hals stecken. Anna stand auf, ihr Blick hart und unnachgiebig.

»Bis du es weißt, werde ich für mich selbst stark sein. Und für Emma.«

Sie verließ das Wohnzimmer, ohne ein weiteres Wort zu sagen, ihre Schritte leise, aber endgültig. Er blieb sitzen, allein in einem Raum, der sich plötzlich viel zu groß anfühlte, als hätte ihre Abwesenheit die Wände auseinandergedrückt.

Das warme Licht der Stehlampe, das den Raum vor wenigen Minuten noch einladend wirken ließ, schien jetzt seltsam unpassend. Es beleuchtete die Leere auf eine Art, die Thomas unangenehm war. Selbst die Möbel wirkten, als hätten sie sich von ihm abgewandt, jedes Stück an seinem Platz, aber seltsam distanziert.

Er lehnte sich zurück, ließ den Blick über den Raum

schweifen, suchte nach einem Anker, nach etwas, das ihm das Gefühl geben könnte, dass die Situation nicht so aussichtslos war, wie sie sich anfühlte. Aber da war nichts – nur das leise Ticken der Wanduhr, ein Geräusch, das er sonst nie wahrgenommen hatte, und das jetzt viel zu laut war.

Thomas zog die Ärmel seines Hemds zurecht, ein automatischer Reflex, der ihn immer beschäftigt wirken ließ. Doch hier, in diesem Moment, wirkte es nur wie das, was es war: ein Versuch, die Stille zu füllen, die Anna hinterlassen hatte.

Thomas blieb noch eine Weile sitzen, seine Hände ineinander verschränkt, die Ellbogen auf den Knien abgestützt, die Finger leicht gekrümmt, als hielte er etwas, das nicht da war. Sein Blick war auf einen Punkt gerichtet, irgendwo in der Leere zwischen dem Couchtisch und der Wand, aber er schien nichts wirklich zu sehen.

Schließlich – vielleicht, weil er wusste, dass er nichts mehr finden würde, egal wie lange er dort saß – stand er auf. Seine Bewegungen waren langsam, als müsste er jeden Schritt planen, um sicherzugehen, dass er es nicht bereute. Er ging zur Treppe, die Hand fest am Geländer, obwohl er es nicht brauchte, und stieg hinauf.

Oben blieb er kurz stehen, dann drehte er sich in Richtung seines Büros. Der Raum war sein Rückzugsort, der einzige Ort im Haus, an dem er die Illusion von Kontrolle bewahren konnte.

18

Draußen peitschte der Wind durch die Äste der Bäume, ließ die Regentropfen wie winzige Trommelwirbel gegen die Fenster prasseln. Es war kein harmonisches Konzert – eher ein chaotisches Durcheinander, wie ein Orchester, dessen Dirigent das Handtuch geworfen hatte. Thomas hörte das alles nur am Rande, als er die Küche betrat. Seine Gedanken waren lauter.

Anna saß bereits am Tisch. Die Tasse in ihren Händen dampfte leise vor sich hin, ihr Blick haftete irgendwo jenseits des Fensters. Sie blickte auf, als er stehen blieb. Er schwieg einen Moment zu lange, und Anna runzelte die Stirn.

Thomas griff nach einer Tasse aus dem Schrank. Es war die blaue mit dem leicht abgesplitterten Rand – ein Überbleibsel aus einem Urlaub in Italien, das Anna damals mitgebracht hatte. Warum ausgerechnet diese Tasse? Vielleicht war es Zufall, vielleicht ein unterbewusster Reflex. Er dachte nicht weiter darüber nach. Gedanken hatten sich in letzter Zeit ohnehin die unangenehme Angewohnheit, sich in Schlaufen zu verfangen, aus denen es kein Entrinnen gab.

Er stellte die Tasse auf die Arbeitsplatte und griff nach der Kaffeekanne. Der Duft stieg ihm entgegen – kräftig, ein bisschen bitter. Er goss ein, langsam, bedächtig. Der Kaffee füllte die Tasse, und für einen kurzen Moment war das Blubbern und Gurgeln der Flüssigkeit das einzige Geräusch im Raum.

Er wartete, bis der letzte Tropfen gefallen war, dann stellte er die Kanne zurück. Die Tasse fühlte sich warm an in seinen Händen, ein angenehmer Kontrast zu der kühlen Luft da draußen. Doch es war nur eine vorübergehende Ablenkung. Die Tasse war gefüllt, ja – aber sie beantwortete keine Fragen. Und sie löste auch keine Probleme.

»Du siehst aus, als ob du die ganze Nacht durchgemacht hättest.«, stellte sie fest.

»Das kann man wohl sagen. Ich lag die halbe Nacht wach.«

»Ich nehme an, du hast nach einer Lösung gesucht.«, sagte sie ohne Anklage, aber auch ohne Trost.

»Wenn es so einfach wäre, hätte ich sie längst gefunden.«

»Es ist einfach, Thomas. Du machst es kompliziert.«

»Es ist nicht einfach, Anna. Nicht, wenn es um Magda geht.«

Das war es. Der Name im Raum. Er erwartete, dass Anna zusammenzucken würde, wütend würde. Stattdessen stellte sie die Tasse ab. Präzise. Leise.

»Du hast dich in sie verliebt, habe ich Recht?«

»Anna, ich…«

»Nein, Thomas. Keine Erklärungen, keine Entschuldigungen. Ich will nur wissen, was du willst.«

Er öffnete den Mund, schloss ihn wieder. Die Worte fühlten sich wie ein unsortierter Haufen in seinem Kopf an, zu viele, zu durcheinander. Schließlich brachte er doch eines heraus:

»Ich weiß es nicht.«

»Dann solltest du es herausfinden. Heute. Nicht morgen, nicht nächste Woche. Heute.«

Er spürte, wie ihm das Blut aus dem Gesicht wich.

»Es ist deine Entscheidung.«, fügte sie noch hinzu.

Mit diesen Worten drehte sie sich um und ging aus der Küche. Kein Drama, kein Knallen von Türen. Nur der leise Klang ihrer Schritte, die den Flur hinunter verschwanden.

Nach ein paar ziellos kreisenden Gedanken stand Thomas auf. Er nahm den gleichen Weg nach oben, die Stufen knarrten leise unter seinen Schritten. Seine Hand glitt über das glatte Holz des Geländers, als hätte sie sich angewöhnt, nach Halt zu suchen, auch wenn er ihn gar nicht brauchte.

Oben angekommen, blieb er stehen. Sein Blick wanderte automatisch in Richtung Annas Büro. Die Tür war geschlossen. Er wusste, dass das nichts bedeutete – Anna schloss die Tür oft, wenn sie konzentriert arbeiten wollte. Aber heute fühlte es sich anders an. Endgültiger.

Nach einer Weile wandte er sich ab. Schließlich ging er in sein Büro. Hier war er wenigstens allein mit der Unordnung – den Papieren, den Notizen, den offenen Aufgaben, die ihn ansahen wie halb aufgebaute Legosteine.

Thomas hatte sich vorgenommen, an diesem Morgen

mit klarem Kopf an die Arbeit zu gehen. Keine Magda. Kein Warschau. Nur Zahlen, Fakten, Aufgabenlisten.

Das war der Plan. Aber Pläne hatten in letzter Zeit die unangenehme Angewohnheit, sich in Wohlgefallen aufzulösen.

Er setzte sich an den Schreibtisch, den Laptop aufgeklappt, und starrte auf die Tabelle vor ihm. Die Spalten waren ordentlich, logisch, wie immer. Und trotzdem tanzten die Zahlen vor seinen Augen, verwoben sich zu Mustern, die keine Bedeutung ergaben. Eine Erinnerung schob sich in seinen Kopf: Magda, wie sie in Warschau durch den alten Marktplatz lief, ihr Lachen, hell und ungezwungen, ein Moment, der so leicht war, dass er fast unwirklich schien.

Er schloss die Augen, schüttelte den Kopf. Fokus. Es ging um das Projekt. Es war wichtig. Doch sobald er den Blick wieder auf den Bildschirm richtete, hörte er ihre Stimme, spürte die Energie, die sie mitbrachte. Es war, als würde ein unsichtbarer Teil von ihr in seinem Büro lauern, in den Zwischenräumen seiner Gedanken.

Der Cursor blinkte ungeduldig auf dem Bildschirm. Eine Excel-Zelle wartete auf seine Eingabe. Er sollte eine Formel einfügen, eine Lösung finden, eine Strategie entwickeln. Aber seine Hände ruhten auf der Tastatur, bewegungslos. Sein Kopf war zu laut – voller „Was wäre, wenn?"-Fragen und unaufhörlicher Schleifen von Erinnerungen.

Er atmete tief ein, zwang sich, aufzustehen. Vielleicht half Bewegung. Er ging zum Fenster, blickte hinaus. Der Himmel war grau, der Regen prasselte gegen das Glas.

Es war eine andere Stadt, ein anderes Wetter, aber in seinem Kopf war es wieder Warschau: der Geruch von Kaffee in einer kleinen, überfüllten Bar, das ungleichmäßige Pflaster unter seinen Füßen, Magdas Stimme, die ihn durch den Trubel führte.

Seine Unsicherheit kroch unter seiner Haut. Es war nicht nur Magda. Es war das Gefühl, zwischen zwei Leben festzustecken – dem, das er kannte und verstand, und dem, das sie symbolisierte. Die Leichtigkeit ihrer Nähe war so verführerisch gewesen, dass sie ihn jetzt in ihrer Abwesenheit wie ein Gewicht nach unten zog.

Magda stand für all das, was sein Leben gerade nicht war: leicht, klar, voller Möglichkeiten.

Zurück am Schreibtisch versuchte er, sich zu sammeln. Er öffnete eine andere Datei, gab sich Mühe, das Chaos in seinem Kopf zu ordnen. Doch selbst die sichersten Werkzeuge seines Berufslebens – Tabellen, Analysen, präzise Logik – schienen ihm an diesem Tag nicht helfen zu können. Es war, als hätte seine Unsicherheit seinen Arbeitsspeicher infiltriert, jede Entscheidung verzögert, jede Berechnung kompliziert gemacht.

Thomas starrte erneut auf die Tabelle. Die Zahlen schienen ihn auszulachen.

Er war ein Mann der Struktur. Er war gut in Problemlösung. Aber was, wenn er selbst das Problem war?

Es klopfte an der Tür, und sein Blick löste sich von der Tabelle, wanderte zur Tür.

»Herein«, sagte er, seine Stimme klang müde.

»Störe ich?«, fragte Magda, ohne den Eindruck zu erwecken, dass sie eine andere Antwort als »Nein«

erwarten würde.

Thomas legte den Stift beiseite und lehnte sich in seinem Stuhl zurück.

»Nein, Magda. Du störst nicht.«

»Thomas. Wie lange willst du noch warten? Du weißt, dass das so nicht weitergehen kann.«

»Warten? Auf was? Ich versuche nur, keinen Schaden anzurichten. Das ist nicht so einfach.«

»Schaden? Für wen? Für Anna? Oder für Emma?« Sie beugte sich leicht vor, stützte sich auf den Rand seines Schreibtisches.

»Thomas, ich sehe, was hier passiert. Du bist unglücklich. Emma spürt es. Anna ist in ihrer eigenen Welt. Was hält dich noch zurück?«

»Das ist nicht fair, Magda. Es geht nicht nur um mich. Es geht um meine Familie. Ich kann nicht einfach alles hinter mir lassen.«

»Aber das musst du nicht. Denk doch mal an Emma. Ich sehe, wie sie leidet. Sie braucht jemanden, der wirklich für sie da ist, der ihr gibt, was sie braucht. Und das kann ich, Thomas.« Sie legt eine Hand auf seinen Arm, ihre Berührung leicht, aber eindringlich. »Ich würde alles für euch tun. Jeden Wunsch erfüllen.«

»Das klingt… einfach, Magda. Aber nichts daran ist einfach. Du sprichst von Wünschen, aber was ist mit den Konsequenzen? Was ist mit der Realität?«

»Die Realität ist, dass du hier sitzt, unzufrieden und hin- und hergerissen. Die Realität ist, dass du eine Entscheidung treffen musst, Thomas. Für dich. Für Emma. Für uns.«

»Und wenn ich die falsche Entscheidung treffe? Wenn ich am Ende alles verliere?«

»Die falsche Entscheidung ist, nichts zu tun. Glaubst du, Anna wird sich ändern? Glaubst du, Emma wird in diesem Chaos glücklich? Du musst stark sein, Thomas. Für uns.«

»Ich brauche Zeit, Magda. Das bin ich Anna und Emma schuldig.«

»Zeit… Die Zeit hast du nicht, Thomas. Und eines Tages wirst du dich fragen, warum du so viel davon verschwendet hast.«

Sie drehte sich um, ging zur Tür und hielt kurz inne, bevor sie hinausging.

»Ich bin noch hier, Thomas. Aber ich werde nicht mehr lange warten.«

Thomas lehnte sich zurück, die Lehne seines Bürostuhls knarzte leise, während er Magdas Worte verarbeitete. *Ich bin noch hier, Thomas. Aber ich werde nicht mehr lange warten.* Kein Drama in ihrem Ton, kein Anflug von Vorwurf. Und doch fühlte es sich an wie ein Schlag in die Magengrube.

Er griff nach dem Stift auf dem Schreibtisch, drehte ihn zwischen den Fingern. Magdas Art, Dinge zu sagen, war faszinierend. Sie setzte nicht auf laute Forderungen. Sie stellte eine Tatsache fest und überließ ihm die Bürde, etwas daraus zu machen. Eine elegante Methode, ihn in eine Ecke zu drängen, ohne dass er sich dorthin geschoben fühlte.

Sein Blick glitt zur Tabelle auf dem Monitor – Zahlen, Berechnungen, nichts, was ihn im Moment interessierte.

Draußen jagten die Regentropfen die Fensterscheibe hinunter, als führten sie ein Rennen, dessen Ziel nur sie kannten. Thomas schüttelte den Kopf. Er hasste diesen Zustand, das schwebende Gefühl, als sei alles in seinem Leben gerade »im Entwurf«.

Magda wartete auf eine Entscheidung. Anna wartete auf eine Entscheidung. Selbst Emma, die viel zu jung war, um es zu wissen, schien auf irgendetwas zu warten, das nur er liefern konnte.

Aber wie? Was war die richtige Antwort? Mit Magda fühlte er sich frei – ein Wort, das ihm so selten in den Sinn kam, dass es fast fremd wirkte. Anna war hingegen Sicherheit, Konstanz, Familie. Und Emma, nun ja, sie brauchte ihn – nicht nur als Vater, sondern als den Mann, der ihr zeigt, wie das Leben stabil bleibt.

Er schnaubte leise, fast ein Lachen, nur ohne die Leichtigkeit. Als ob er Magda und Anna in einem Excel-Sheet gegenüberstellen könnte: Pro und Contra. »Magda bringt Kaffee und ein Gefühl der Leichtigkeit.« »Anna bringt Geschichte und Stabilität.« Ein idiotischer Gedanke. Und doch wünschte er sich, es wäre so einfach.

Magdas Stimme war in seinem Kopf noch immer präsent. *Ich werde nicht mehr lange warten.* Es war nicht als Drohung gemeint, da war er sich sicher. Aber es war auch keine Einladung, die er ewig ignorieren konnte.

Sein Stift fiel auf den Schreibtisch. Die Daumen bewegten sich wie von selbst im Takt seines Denkens. Endlich hatte er das Gefühl, dass die lang ersehnte Klarheit in seine Überlegungen eingezogen war. Es war, als hätte er in einem Schachspiel, das endlos zu dauern schien, die entscheidende Figur in die perfekte Position gerückt.

Er war ein Mann, der von Zahlen lebte. Logik, Struktur – sie waren ihm näher als Emotionen, und das war kein Geheimnis. Seine Entscheidung hatte sich nicht in einem Moment der Erleuchtung geformt. Es war eine Rechnung gewesen, eine Kalkulation. Risiken und Erträge. Was er zu gewinnen hatte, was er verlieren konnte. Was am Ende bleiben würde.

Magda – sie war die Unberechenbarkeit in seinem Leben, ein Stück Chaos, das ihn angezogen hatte, weil es ihn daran erinnerte, wie Freiheit schmecken konnte. Aber Freiheit war ein trügerisches Konzept. Er wusste, dass die Dynamik zwischen ihnen nicht von Dauer wäre. Leidenschaft hatte eine Halbwertszeit, das lehrte ihn seine Erfahrung.

Und dann war da Anna. Anna mit ihrer Stärke, ihrer Verletzlichkeit, die sie selten zeigte, und ihrer unerschütterlichen Bindung an Emma. Sie war das Fundament, auf dem sein Leben gebaut war, auch wenn er es in den letzten Monaten ignoriert hatte. Und Emma – wie konnte er je daran zweifeln, dass sie mehr als alles andere eine Familie brauchte, die sie nicht zerrissen zurückließ?

Er schob den Stuhl zurück und stand auf, die Bewegung bewusst langsam, wie um dem Moment die Schwere zu geben, die er verdiente. Sein Blick wanderte zur Tür. Er würde Anna alles sagen müssen. Keine halben Wahrheiten, kein Lavieren. Sie hatte mehr verdient, und er wusste, dass diese Ehrlichkeit der einzige Weg war, den Bruch zwischen ihnen zu heilen – oder es wenigstens zu versuchen.

Er dachte an Magda und spürte einen leisen Schmerz, ein Echo dessen, was hätte sein können. Aber die Rechnung war einfach. Sie würde weiterziehen, er wusste das. Und mit der Zeit würde er es auch.

Thomas griff nach seiner Kaffeetasse, stellte sie dann wieder ab. Sie war leer, genauso wie die Ausreden, die er sich die letzten Wochen zurechtgelegt hatte. Er schüttelte den Kopf, ein kurzes, entschlossenes Lächeln. Es war Zeit, zu handeln.

Er stand auf, ließ einen Moment seinen Blick durch das Zimmer schweifen, als wollte er sicherstellen, dass er nichts vergaß – auch wenn er nichts bei sich trug. Sein Schritt in den Flur war schneller, zielgerichteter, als er erwartet hatte.

Annas Bürotür war einen Flur entfernt, die Klinke auf Augenhöhe, wie ein Symbol für etwas, das er an diesem Abend festhalten musste. Er hielt kurz inne, richtete sein Hemd, eine fast unbewusste Geste, und ging weiter.

Die Tür wirkte plötzlich schwerer, als er sie in der Nähe sah. Er hob die Hand, zögerte, und ließ sie dann doch mit drei festen, gleichmäßigen Klopfern auf das Holz treffen.

»Thomas. Was gibt's?«

»Anna, ich... ich wollte mit dir sprechen. Es ist wichtig.«

Sie hielt inne, ließ ihn kurz zögern, dann trat sie zur Seite.

»Komm rein.«

Er trat ein, sein Blick wanderte unwillkürlich durch

den Raum, über die penibel geordneten Ordner, den Schreibtisch, der mit Notizen bedeckt war. Es war Annas Raum, ein Spiegel ihres Wesens – klar strukturiert, aber voller Leben in den Details. Sie setzte sich auf den Stuhl, die Arme locker auf der Tischkante verschränkt, und wartete.

»Also?«, sagte sie, ihre Stimme ruhig und fest.

Er lehnte sich gegen die Kante des Schreibtischs, die Hände in den Taschen.

»Ich habe viel nachgedacht in den letzten Tagen. Über uns. Über... alles.« Er hielt kurz inne, suchte nach den richtigen Worten. »Es ist nicht leicht, das zu sagen, aber ich glaube, ich muss es tun. Für uns beide.«

»Für uns beide. Das klingt vielversprechend.«, entgegnete sie leicht spöttisch.

Er verzog das Gesicht, nicht vor Ärger, sondern vor Selbstvorwurf.

»Ich habe Fehler gemacht, Anna. Schwerwiegende Fehler. Und ich werde nicht versuchen, mich herauszureden. Was zwischen Magda und mir passiert ist... begann in Warschau.« Seine Stimme wurde leiser. »Ich war verloren, auf eine Art, die ich mir selbst nicht eingestehen wollte. Sie... hat etwas Leichtes in mein Leben gebracht, das ich vermisst habe.«

Anna sagte nichts. Ihre Augen blieben auf ihn gerichtet, und doch schien sie innerlich weit entfernt. Er wusste nicht, ob sie ihn hörte oder gerade eine Mauer um sich zog.

»Es ist keine Entschuldigung. Ich habe das Leichte gesucht, weil ich mit dem Schweren nicht umgehen konnte. Mit uns. Mit allem, was wir aufgebaut haben. Und... das war feige.«, fuhr er nach einer kurzen Pause fort mit schwerer Stimme.

»Du hast also nach Leichtigkeit gesucht. Und dabei beschlossen, unser Leben zu riskieren?«, sagte sie nachdenklich, in Ihrer Stimme eine Spur von Trauer.

Er nickte langsam.

»Ja. Und ich sehe jetzt, wie falsch das war. Nicht nur dir gegenüber, sondern auch Emma... und mir selbst.«

Er holte tief Luft.

»Ich habe eine Entscheidung getroffen. Magda... wird nicht bleiben. Und ich werde alles tun, um das hier wieder ins Gleichgewicht zu bringen.«

Anna blickt wurde schärfer.

»Du glaubst, eine Entscheidung ist alles, was nötig ist? Dass ein Bekenntnis, so spät es auch kommt, reicht?«

»Nein. Aber es ist ein Anfang. Und ich weiß, dass es kein Zurück gibt. Ich weiß auch, dass du mir das hier nicht einfach verzeihen wirst. Vielleicht solltest du das auch nicht. Aber ich will es versuchen – für uns, für Emma.«

»Ich habe keine einfachen Antworten für dich, Thomas. Und ich werde dich nicht belügen – es wird lange dauern, bis ich dir wieder vertraue. Vielleicht gelingt es nie ganz.«

Er nickte, akzeptierend.

»Ich weiß.«

»Dann fang an zu zeigen, dass du es ernst meinst. Und dieses Mal – bleib ehrlich.«

Er hielt ihrem Blick stand, die Schwere ihrer Worte

fühlend.

»Danke, dass du mir zugehört hast.«, sagte er mit einem Hauch Erleichterung.

»Ich habe nicht gesagt, dass ich dir verzeihe.«, sagte sie, ohne ihn anzuschauen.

»Ich weiß. Aber du hast die Tür geöffnet. Und das ist mehr, als ich verdient habe.«

Thomas ging zur Tür, blieb kurz stehen, als wolle er noch etwas sagen, ließ es aber bleiben. Er verließ den Raum, und die Tür fiel leise ins Schloss. Anna stand regungslos da, bevor sie sich schließlich langsam auf ihren Stuhl sinken ließ. Die Akte blieb vor ihr liegen, unbeachtet.

19

Thomas verharrte einen Augenblick im Türrahmen, sein Blick auf Magda gerichtet, bevor er schließlich die Küche betrat.

Magda war dort, wie immer mit präzisen Bewegungen beschäftigt – diesmal damit, ein Messer in gleichmäßigen Strichen an einem Wetzstahl zu schärfen. Der Rhythmus des Kratzens schien den Takt zu seiner eigenen Nervosität zu geben. Sie sah auf, als er eintrat, und ihr Blick verriet, dass sie wusste, warum er hier war.

»Thomas«, begann sie, ihre Stimme ruhig, aber abwartend. »Gibt es etwas, das du mir sagen möchtest?«

Er nickte und lehnte sich mit verschränkten Armen gegen die Küchenzeile, als wäre das ein geplanter Teil seines nächsten Schritts. Der Raum war in ein diffuses Licht getaucht – eine Szenerie, die für ein völlig anderes Gespräch geeignet schien. Nicht für das, was er zu sagen hatte.

»Magda«, sagte er, seine Stimme ungewohnt fest, »Ich habe nachgedacht.«

Sie legte das Messer und den Wetzstahl beiseite, wischte sich die Hände an einem Geschirrtuch ab und lehnte sich gegen die Küchenzeile ihm gegenüber. Ihre Bewegungen waren langsam, beinahe bedächtig, als wolle sie die Worte, die er gleich sprechen würde, hinauszögern.

»Und?«, fragte sie schließlich.

»Ich habe mich entschieden Magda, bei meiner Familie zu bleiben.«

Für einen Moment regte sich nichts in ihrem Gesicht, als hätte sie nicht gehört, was er gesagt hatte. Doch dann lehnte sie sich zurück und verschränkte die Arme vor der Brust.

»Das war also alles?«, fragte sie, ihre Stimme jetzt schärfer. »Die Nächte, die Versprechen... alles bedeutungslos?«

»Nein«, erwiderte Thomas leise. »Es war nicht bedeutungslos. Aber es war ein Fehler. Und ich... ich muss jetzt die richtigen Entscheidungen treffen.«

Magda lachte trocken.

»Die richtigen Entscheidungen? Für wen, Thomas? Für dich, für deine Frau, die dich kaum ansieht? Für deine Tochter, die sich nur noch über den Tisch mit dir unterhält? Und was ist mit mir? Was ist mit uns?«

Er spürte, wie ihre Worte ihn trafen, wie Nadeln, die an der Oberfläche einer tiefen Wunde entlangkratzten. Doch er zwang sich, standhaft zu bleiben.

»Ich habe Emma zuliebe entschieden. Sie verdient, dass ich da bin. Wirklich da.«

»Emma«, wiederholte Magda und schüttelte den Kopf. »Das ist bequem. Ein gutes Alibi, Thomas.«

»Weißt du, was Emma wirklich braucht? Eine Familie

die funktioniert. Und ich könnte das sein – der Teil, der alles wieder richtig macht. Denk nach. Denk an die Leichtigkeit, die wir zusammen haben. An das Leben, das wir führen könnten.«

Thomas sah sie an, suchte in ihrem Blick nach der Frau, die ihm einst so viel Trost geschenkt hatte, und fand nun nur ein Spiegelbild seines eigenen Fehlers.

»Magda, ich habe das schon entschieden«, sagte er schließlich. »Ich kann das nicht mehr. Es tut mir leid.«

Sie nahm das Messer wieder in die Hand und begann es mit gezielten Bewegungen abzutrocknen.

»Es tut dir leid«, wiederholte sie, fast spöttisch. »Natürlich tut es dir leid. Männer wie du bemitleiden sich immer selbst.«

Er stand weiterhin dort, unfähig, etwas zu entgegnen. Als sie fertig war, legte sie das Messer in die Schublade zurück und wandte sich zu ihm um.

»Ich werde meine Sachen packen«, sagte sie schließlich, ihre Stimme wieder ruhig, fast geschäftsmäßig.

»Aber glaube nicht, dass du damit alles löst, Thomas. Man kann eine Tür schließen, aber das, was dahinter ist, bleibt trotzdem da.«, fügte sie hinzu.

»Eins solltest du wissen, Thomas: Manchmal kommt die wahre Leere erst, wenn du glaubst, alles repariert zu haben.«, sagte sie, während ihr Blick einen Moment länger in seinen Augen ruhte.

Er nickte stumm. Es war kein Triumph, den er fühlte, sondern eine schmerzhafte Leere, als sie an ihm vorbeiging.

Als er ins Wohnzimmer trat, sah er Anna. Sie saß auf

dem Sofa, die Beine unter sich gezogen, und blätterte in einem Buch, das sie offensichtlich nicht wirklich las. Ihr Blick traf seinen und für einen Moment hielt er inne, versuchte etwas in ihren Augen zu lesen. Dankbarkeit? Erleichterung? Oder etwas ganz anderes?

»Magda packt ihre Sachen«, sagte er leise.

»Ich weiß«, erwiderte sie. »Magda. Als du mit ihr gesprochen hast. Sie sprach nicht so, wie ich es sonst von ihr gewohnt bin. Es klang... flüssig. Akzentfrei sogar.«, stellte sie verwundert fest.

»Ja? Vielleicht hat sie sich einfach angestrengt.«, sagte er.

»Anstrengung allein erklärt das nicht. Sie spricht in meinem Beisein immer so gebrochen. Die einfachen Worte, die langen Pausen. Aber heute... Es war, als hätte sie jahrelang in Deutschland gelebt.«

»Vielleicht hat sie mehr Selbstvertrauen, wenn sie sich sicher fühlt.«

»Wieso sollte sie sich bei mir unsicher fühlen und bei dir nicht?«, wollte sie wissen.

»Ich weiß nicht, Anna. Vielleicht liegt es daran, wie wir beide auf sie wirken. Du bist... präzise, erwartungsvoll. Ich kann mir vorstellen, dass sie sich unter Druck gesetzt fühlt.«

»Oder vielleicht hat sie einfach ein Spiel gespielt. Ihre gebrochenen Sätze, die ganze Unsicherheit.«, meinte sie.

»Das klingt ein bisschen paranoid, findest du nicht?«, sagte er.

Anna lächelte dünn.

»Paranoid? Vielleicht. Aber wenn ich eines gelernt

habe, Thomas, dann ist es, dass Menschen selten genau das sind, was sie scheinen.«

»Magda ist morgen früh weg. Es spielt keine Rolle mehr.«.

»Du hast recht. Sie wird gehen. Aber die Dinge, die sie hinterlassen hat, die spielen sehr wohl eine Rolle.«

»Vielleicht. Aber jetzt ist es an uns, nach vorne zu schauen?«

»Ja. Nach vorne. Aber nur, wenn wir ehrlich miteinander sind, Thomas. Komplett ehrlich.«

Ihre Blicke verharrten für einen Augenblick ineinander, wie zwei Zeiger, die auf der gleichen Stelle einer Uhr stehen blieben. Es lag unausgesprochen in der Luft, dass dieses Gespräch weit entfernt davon war, sein Ende gefunden zu haben.

Magda klopfte leise an Emmas Tür, fast zögernd, bevor sie sie einen Spalt öffnete. Emma saß auf ihrem Bett, mit einem Buch auf den Knien. Ihre Augen hoben sich, überrascht, als Magda eintrat.

»Emma«, begann Magda, ihre Stimme sanft, aber mit einem Hauch von Traurigkeit durchzogen. »Ich wollte nur... mich verabschieden.«

Emma blinzelte, das Buch rutschte ein wenig auf ihrem Schoß.

»Wohin gehst du?«, fragte sie schließlich, die Unsicherheit in ihrer Stimme nicht ganz verborgen.

Magda setzte sich auf die Bettkante, ihre Hände auf ihren Schoß gelegt, als versuchten sie, Worte zu formen, die nicht kommen wollten. »Ich werde nicht mehr hier arbeiten. Es ist Zeit für mich, weiterzugehen.«

Emma starrte sie an, ihre Stirn in Falten gelegt, während sie diese Worte verarbeitete. »Aber... warum?« Ihre Stimme war leise, verletzlich.

Magda lächelte, ein trauriges, kleines Lächeln. »Manchmal ist es besser, Dinge zu beenden, bevor sie zu kompliziert werden.«

Emma nickte langsam, aber es war klar, dass sie nicht alles verstand – wie könnte sie auch?

»Wirst du... mich besuchen?«, fragte sie schließlich, fast flüsternd.

Magda beugte sich leicht vor, legte eine Hand auf Emmas Knie. »Vielleicht eines Tages, wenn die Zeit richtig ist. Aber ich möchte, dass du etwas weißt, Emma.« Sie hielt kurz inne, als ob sie die Worte sorgfältig auswählte. »Du bist etwas Besonderes. Vergiss das nicht.«

Emma schwieg, und Magda stand langsam auf. Sie hielt einen Moment inne, als wollte sie noch etwas sagen, aber dann entschied sie sich dagegen. Stattdessen drückte sie Emmas Schulter leicht und ging zur Tür.

»Leb wohl, Emma«, sagte sie schließlich, bevor sie durch die Tür schlüpfte und sie leise hinter sich schloss.

Emma blieb auf ihrem Bett sitzen, das Buch noch immer auf ihrem Schoß, und starrte auf die geschlossene Tür.

Am nächsten Morgen, als Anna die Küche betrat, blieb sie einen Moment lang stehen. Der Raum war makellos – der Boden glänzte, die Arbeitsplatten waren frei, und die Kaffeemaschine stand akkurat an ihrem Platz. Doch da war eine Leere, die schwer zu beschreiben war, wie ein fehlender Pinselstrich in einem ansonsten perfekten Gemälde.

Sie ging zum Tisch, nahm eine Tasse aus dem Schrank und stellte sie ab. Ihre Bewegungen waren routiniert, doch etwas fühlte sich anders an. Sie schaltete den Wasserkocher ein und lehnte sich gegen die Theke, die Arme vor der Brust verschränkt. Der Duft von Kaffee lag nicht in der Luft, und das Klappern von Geschirr, das sonst zu dieser Stunde durch die Küche hallte, war verstummt.

Anna blickte auf den Platz neben dem Kühlschrank, wo Magda oft stand, ihren schlichten Pullover glattstrich und wortlos ihre Aufgaben begann. Doch heute war dort niemand. Kein zögerliches »Guten Morgen, Frau Ritter«. Kein Lächeln, das nie ganz die Augen erreichte.

Ein leises Zögern überkam sie, und sie drehte sich um, als ob Magda jeden Moment in der Tür erscheinen könnte. Aber natürlich tat sie das nicht. Anna spürte einen seltsamen Stich, der nicht Trauer war, aber auch nicht Erleichterung. Es war einfach... still.

Die Küche gehörte ihr wieder, ganz und gar. Doch an diesem Morgen fühlte es sich nicht wie ein Sieg an, sondern wie ein unausgesprochener Abschied, der irgendwo in den Ecken des Raumes hängenblieb. Magda war gegangen, und obwohl Anna sich diesen Moment gewünscht hatte, konnte sie sich nicht erklären, warum ihr Atem jetzt ein wenig schwerer ging.

»Guten Morgen«, sagte Thomas, seine Stimme zurückhaltend, fast vorsichtig.

Anna hob den Blick von ihrer Tasse, nickte und murmelte ein »Morgen«. Sie deutete mit einer kleinen Bewegung auf die Kanne, die auf dem Tisch stand.

»Tee ist noch heiß.«

Er nahm die Einladung an, griff nach einer Tasse, goss sich den Tee ein und setzte sich auf den Stuhl gegenüber.

Ihre Tasse war bereits halb leer, wie die Worte, die sie bisher gesprochen hatten. Er blickte sie an, sein Gesicht ernst, aber nicht ohne eine Spur von Hoffnung.

»Ich habe Fehler gemacht. Große Fehler. Aber ich möchte, dass wir wieder...« Er hielt inne, suchte nach dem richtigen Ausdruck. »Dass wir wieder zusammenfinden.«

Anna nickte, doch ihr Blick blieb auf ihrer Tasse.

»Ich auch«, sagte sie schließlich. »Aber es wird nicht einfach. Wir können nicht so tun, als wäre nichts passiert. Wir müssen... ehrlich sein. Nicht nur miteinander, sondern auch mit Emma.«

In diesem Moment betrat Emma die Küche, ihr Schlafanzug zerknittert, die Haare noch vom Kissen zerzaust. Sie sah die beiden am Tisch sitzen und hielt inne, als hätte sie das Gefühl, einen wichtigen Moment zu unterbrechen.

»Komm her, Emma«, sagte Anna und klopfte auf den Stuhl neben sich. »Wir müssen reden. Alle zusammen.«

Emma setzte sich zögernd, ihre Augen wanderten zwischen ihren Eltern hin und her. »Ist was passiert?« fragte sie, ihre Stimme vorsichtig. »Warum ist Magda gegangen?«, wollte sie noch wissen.

Anna legte den Löffel ab, mit dem sie in ihrer eigenen Tasse gerührt hatte, und sah ihre Tochter an.

«Weil es Zeit für sie war zu gehen», begann sie, versuchte ihre Worte abzuwägen. »Manchmal...verändern sich Dinge, und Menschen müssen andere Wege gehen.«

Emma hielt inne, sah ihre Mutter an, als suche sie nach einer Lücke in dieser Erklärung. «Aber sie wollte doch nicht gehen. Das habe ich gesehen.»

Anna spürte, wie die Schwere der Frage sie traf. Sie strich mit der Hand über den Tisch, als könnte sie so die passenden Worte finden. «Manchmal tun Menschen Dinge, weil sie wissen, dass es das Richtige ist, auch wenn es schwerfällt.»

«Und für wen war es das Richtige?«, fragte Emma, ihre Augen fixierten Annas Gesicht, suchten nach einer Wahrheit, die sie verstehen konnte.

Anna hielt ihrem Blick stand. »Für uns. Für unsere Familie. Es war wichtig, dass wir wieder... dass wir zusammenfinden, ohne jemand anderen dazwischen.«

Emma runzelte die Stirn. »Aber Magda hat mir nie wehgetan. Sie hat mir geholfen.«

»Ich weiß«, sagte Anna sanft, ihre Stimme ein Hauch von Bedauern. »Und ich bin froh, dass sie für dich da war, als ich es nicht immer war. Aber manchmal muss man Entscheidungen treffen, die nicht einfach sind. Sie sind nötig, um Platz für etwas Neues zu schaffen.«

Emma schaute auf ihre Tasse, schwieg einen Moment. Dann sagte sie leise: »Ich mochte sie. Sie hat mir Geschichten erzählt.«

Anna schluckte schwer, spürte die Schuld in Emmas Worten.

»Ich weiß und das war auch gut. Aber weißt du, Emma, jetzt möchte ich diese Geschichten erzählen. Ich möchte, dass wir wieder mehr Zeit zusammen verbringen. Nur wir drei – du, Papa und ich.«

Emma sah ihre Mutter an, ihre Augen suchten nach einem Zeichen von Aufrichtigkeit.

»Heißt das, wir machen nicht mehr alle unser eigenes Ding?«, wollte sie wissen.

Thomas lachte leise, ein kurzer Moment der Leichtigkeit.

»Genau das heißt es. Ich habe genug davon, dass wir wie Mitbewohner nebeneinander herleben. Was hältst du davon, wenn wir demnächst einfach mal alle zusammen wegfahren?«

»Und wohin?«, fragte Emma.

Anna lächelte, das erste Mal an diesem Morgen ohne Anstrengung.

»Das überlegen wir gemeinsam. Aber irgendwohin, wo wir Zeit füreinander haben. Ohne Arbeit. Ohne Ablenkung.«

Emma nickte langsam, als müsste sie den Gedanken erst ausprobieren.

»Okay«, sagte sie schließlich, und ein kleines Lächeln huschte über ihr Gesicht. »Aber ich will aussuchen, wo wir hinfahren.«

Thomas streckte die Hand aus und schloss sie über Annas und Emmas.

»Deal«, sagte er, und für einen Moment schien es, als würde die Schwere der letzten Tage ein Stück wegrücken.

Anna sah ihre Tochter an, und in diesem Blick lag ein Versprechen. Kein leichtes, aber ein ehrliches.

Das Abendessen verlief zunächst in gewohnter Stille, abgesehen vom gelegentlichen Klappern von Besteck auf Tellern. Die Stimmung war zurückhaltend, aber nicht unangenehm, ein vorsichtiges Gleichgewicht, das sich in den letzten Tagen eingestellt hatte. Emma stocherte in ihrem Gemüse, bevor sie plötzlich den Kopf hob und ihre Eltern direkt ansah.

»Ich habe mich oft gefragt, ob ihr mich überhaupt sehen könnt«, sagte sie mit einer Stimme, die leise begann, aber an Klarheit gewann.

Der Satz hing einen Moment in der Luft, als ob niemand sicher war, ob sie ihn richtig gehört hatten.

Anna ließ ihr Messer sinken, das Besteck klirrte leise auf dem Teller. Thomas, der gerade zu einem weiteren Bissen ansetzte, hielt inne. Beide schauten Emma an, überrascht und doch gewillt, sie nicht zu unterbrechen.

»Manchmal…«, fuhr Emma fort, während sie ihren Blick auf die Gabel in ihrer Hand senkte, »hat es sich so angefühlt, als wäre ich einfach da. Aber nicht wichtig. Nicht wie etwas, das ihr wirklich bemerkt.« Sie hielt inne, atmete tief ein und hob den Kopf. »Ihr habt euch gestritten, ihr wart beschäftigt… und ich war irgendwo dazwischen. Ich habe versucht, etwas zu tun, das euch auffällt. Aber es hat nie gereicht.«

Anna spürte einen Knoten in ihrer Brust.

»Emma…«, begann sie, doch Thomas legte eine Hand auf ihren Arm. Es war kein Vorwurf, sondern ein leises Signal: Lass sie sprechen.

»Ich weiß, ihr arbeitet viel. Und ich weiß, ihr habt Dinge, die wichtig sind. Aber ich… ich habe mich oft gefragt, ob ich auch dazu gehöre.«

Ihre Stimme zitterte, aber sie hielt den Blick ihrer Eltern. Die Stille am Tisch war drückend, aber auch voller Konzentration, wie ein Raum, in dem jeder Atemzug zählt.

Thomas lehnte sich zurück, seine Schultern sackten leicht ein.

»Das…« Seine Stimme brach, und er versuchte es noch einmal. »Das tut mir leid, Emma.«

Anna schluckte schwer, ihre Augen glänzten.

»Mir auch«, sagte Anna, ihre Stimme weich, fast brüchig. »Ich habe es nicht bemerkt, Emma. Ich dachte… ich dachte, wir tun das Richtige, wenn wir dir alles bieten, was du brauchst. Aber ich habe vergessen, dass… dass du uns brauchst.«

Emma schaute sie an, ihre Augen suchten nach Ehrlichkeit in diesen Worten.

»Es ist nicht nur das«, sagte sie. »Es hat sich angefühlt, als wärt ihr nicht da, selbst wenn ihr hier wart. Als ob… als ob ihr etwas Wichtigeres zu tun hättet.«

Anna nickte langsam, während Thomas sich vorbeugte, die Ellbogen auf den Tisch stützte. »Das war falsch von uns«, sagte er. »Ich…« Er hielt inne, suchte nach Worten. »Ich war oft nicht hier, und selbst wenn, habe ich nicht genug hingesehen. Das werde ich ändern.«

Emma nickte leicht, ihr Gesichtsausdruck wurde weicher, aber die Spannung war noch nicht ganz verflogen. Anna griff vorsichtig nach ihrer Hand, hielt sie für einen Moment.

»Es wird nicht von heute auf morgen perfekt werden«, sagte Anna. »Aber ich möchte, dass du weißt, dass wir uns Mühe geben. Dass du uns wichtig bist. Sehr wichtig.«

»Okay«, sagte sie. »Aber ihr müsst es mir zeigen, nicht nur sagen.«

Thomas nickte ernst. »Das werden wir. Versprochen.«

Sie begannen langsam wieder zu essen. Die Stille war diesmal eine andere – nachdenklich, aber nicht erdrückend. Es fühlte sich an wie ein neuer Raum, der sich zwischen ihnen öffnete, ein Ort, an dem etwas Zerbrochenes langsam wieder zusammengefügt werden konnte.

Als sie mit dem Essen fertig waren, lehnte sich Thomas zurück und wischte sich mit einer Serviette den Mund ab – eine Geste, die er wohl für würdevoll hielt.

»Nun, meine Damen«, begann er mit gespieltem Ernst, »ich fürchte, die Arbeit ruft. Ich muss mich in mein Büro zurückziehen. Wichtige Dinge warten auf mich.«

Es war still am Tisch, aber nur für den Bruchteil einer Sekunde. Dann brach Emma in ein Kichern aus, das sie kaum unterdrücken konnte. Anna legte ihre Gabel ab und sah ihn über den Tisch hinweg an, die Augen schmal vor amüsierter Skepsis.

»Ach wirklich? Dein Büro, ja? Und was genau wartet da auf dich? Die neue Ausgabe der Juristenzeitschrift, die seit einer Woche unangetastet liegt?«

Thomas hob die Hände in gespielter Verteidigung.

»Ich sehe, ich werde hier nicht ernstgenommen. Es ist

Kein leichter Job, den ich da habe.«

»Natürlich nicht«, sagte Anna trocken. »Schließlich ist es harte Arbeit, so auszusehen, als wärst du beschäftigt.«

Emma gluckste, während sie ihre Serviette in einer chaotischen Kugel zusammenknüllte. »Vielleicht solltest du eine To-do-Liste machen. Erste Aufgabe: Nachsehen, ob dein Bürostuhl noch da ist.«

Thomas warf ihr einen Blick zu, der irgendwo zwischen Entrüstung und Bewunderung lag. »Wissen Sie, junge Dame, Sarkasmus bringt Sie nicht weit im Leben.«

»Na ja«, sagte Emma und grinste, »zumindest bis ins Büro.«

Der Autor

Marijo Sertic, 1974 in Zagreb geboren, entdeckte früh seine Leidenschaft für das geschriebene Wort. Nach anfänglichen poetischen Versuchen führte ihn sein Weg über ein Studium der Chemie und Physiotherapie von Zagreb über Utrecht nach Bonn, wo er heute lebt und arbeitet. Bücher sind seine ständigen Begleiter, und in Gesprächen begeistert er mit humorvollen Anekdoten. Sein Herz schlägt für seinen Roman, der für ihn weniger ein Ziel als ein Ausdruck seiner Gedankenwelt ist – ein Lebenswerk, in dem er Erfüllung findet.

Marijo Sertic
Die Entfernung der Nähe
Roman

210 Seiten, ISBN 978-3-7693-530-44

»Die Entfernung der Nähe« erzählt auf leichtfüßige Art die Geschichte der tiefgehenden Begegnung zwischen Elisa und Mario. Sie zeichnet ein filigranes Bild von Liebe und den damit verwobenen Ängsten und Hoffnungen. Poetisch und gefühlsstark entführt der Liebesroman sein Publikum in einen schwerelosen Raum der Sehnsucht und diffuser Stimmungen von großer Intensität, die im Herzen berühren, ohne dass der Kopf sie zu hundert Prozent erfassen könnte. Eine zauberhafte Erzählung für alle Menschen, die noch an die Kraft der Liebe glauben.

Weitere Informationen finden Sie auf
www.marijo-sertic.com